いつまでもずっと、あの夏と君を忘れない

永良サチ

生まれた時から私の隣には好きな人がいた。
これからも当たり前みたいに、ずっと一緒にいられると思っていた。
でも当たり前のことなんて、ひとつもなかった。
『お前って、小さい時から変わんないよな』
きみが笑うと嬉しいはずなのに、切なくなる。

いつまでこうしていられるんだろう。
いつまでここにいられるんだろう。
いつまできみを好きでいられるんだろう。
私が生きられる期限をずっとずっと考えていた。
『他にはなにもいらない。俺は……俺は里帆さえいてくれたらそれでいい』
命が消える前に、この夏が終わる前に、きみに伝えたいことがある。

――颯大へ

涙を拭いながら、ペンを走らせた。

Contents

illustration ／雪丸ぬん
book design ／齋藤知恵子

1／あの約束、覚えてる?

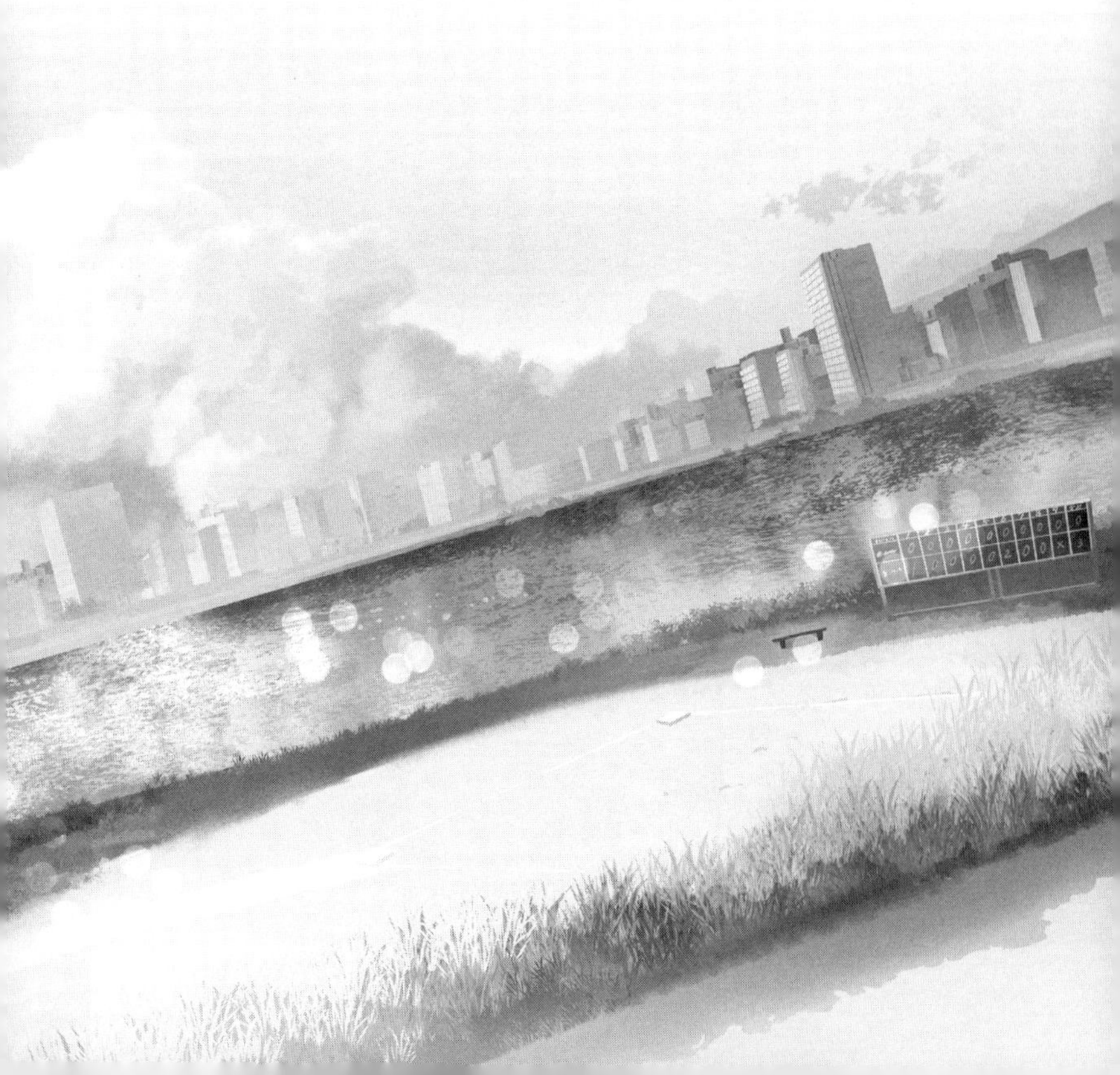

今でも毎日、夢を見る。八月の炎天下。絶対に負けられなかった試合。勝利を信じて投げたボールは、俺の頭上を越えて空高く飛んでいった。

――また、夏が来る。

大きなコンプレックスという名の怪物を連れて。

「なあ、いつ里帆ちゃんのこと紹介してくれんの？」

暑苦しいほどの長髪を靡《なび》かせてやってきたのは、平子《ひらこ》という名のクラスメイトだ。

高校二年生になって早三か月。六クラスの組分けがあるうちの学校では、大体進級を機に仲がいい友達とは離される。こうして反りが合わなそうなやつと同じクラスになり、なぜかしつこく絡《から》まれるというのはお決まりのことでもあった。

「紹介って、一組に行きゃいるだろ」

「話しかけられるかよ。里帆ちゃんは俺らにとって高嶺《たかね》の花だぞ」

「ああ見えて中身は雑草女子だから大丈夫だよ。おしとやかとは無縁だし、喋《しゃべ》り好きの平子とも合うだろうよ」

「里帆ちゃんのことを知り尽くしてる葉山《はやま》だから頼んでるんだよ」

「幼なじみだったら俺以外にもいるだろ」

「あー瀬戸《せと》はダメダメ。前に里帆ちゃんと繋《つな》げてくれって言ったら無視された。あいつ感じ悪くね?」

「瑞己《みずき》のやつ、なにしてた?」

「バット振ってた。ちょうど野球部のフェンスの近くにいたんだよ」

「じゃあ、聞こえねーわな」

「え?」

「なんでもねーよ。とにかく里……大渕《おおぶち》さんのことは自分でなんとかしてください」

中断していたスマホのパズルゲームを再開させると、平子は不服そうに前髪を掻《か》き上げていた。

俺には幼なじみが二人いる。

一人目は大渕里帆。喜怒哀楽がはっきりしていて、楽しい時には口を大きくして笑い、悲しい時にはわかりやすくしょんぼりしたりする。誰に対しても気取らない彼女は昔からよくモテる。見た目は美人より可愛い系で、性格はお節介の世話焼き。俺からすれば、頼んでもいないのに口や手をよく出してくるやつだ。

二人目は瀬戸瑞己。頭脳明晰《めいせき》でなんでも器用にこなしているように見えるけれど、ひとつのことしか集中できない性格。野球部に所属しているあいつは期待のスラッガーで、三年生を差し置いて攻撃の要である四番打者を任されている。幼なじみの定義がどこからどこまでなのかはわからないけれど、小さい頃から一緒にいる人をそう呼ぶのなら、小三の時にこの街に引っ越してきた瑞己は、後《あと》なじみと言えるだろう。そんな言葉があるかは知らんけど。

——カキーン！

六時間授業が終わった放課後。河川敷の土手を歩いていたら、気持ちのいい音が聞こえてきた。鱗雲《うろこぐも》が浮かんでいる空を見上げると、放物線を描くようにボールが飛んでいる。軟《やわ》らかいゴム製の軟式ボールはよく弾《はず》む。地面に落下したそれは、ワンバウンドをしながら俺の足元に転がってきた。

「すみませーん、お願いしまーす!!」

こっちに向かって手を振っているのは、毬栗頭《いがぐりあたま》の野球少年だった。河川敷の緑地帯には、二時間単位で貸してくれる野球場がある。防球ネットが完備されていないため、こうして土手側に飛んでしまう時もあれば、生い茂っている草を越えて川にボールが落ちる時もある。それがホームランならいいけれど、ファールボールや守備の暴投で俺も何回かやらかしたことがあったっけ。

「あのー！　投げてくださーい！」

急《せ》かしてくる少年たちにため息をつきながら、俺はボールを取った。手になじむ前に投げてしまおうと振りかぶったら、勢いよくボールがすっぽ抜けた。グラウンドの端のほうへと飛んでいったボールを見て、少年の一人が「へたくそ！」と野次ってきた。たしかにこれはひどい。俺も小学生だったら、同じことを言うだろう。スポーツは生意気くらいがちょうどいい。野球をやっていた頃の俺は負けず嫌いで、勝つことだけに固執していた。だから性格も相当悪かった。

「……うるせーな」

恥ずかしさも相まってそそくさと河川敷を後にしようとしたら、「ありがとうございまーす」と、律儀《りちぎ》にボールの礼を叫んでくれた少年がいた。勝利を掴《つか》むためには気の強さも必要だと思っていたけれど、俺が川に飛ばしたボールをわざわざ取りに行ってくれていた瑞己が今では強打者として活躍している。俺に礼を言ってくれた少年も数年後にはそうなっているかもしれない。

「もう、颯大遅いよ……！」

家に帰ると、なぜか玄関で仁王立《におうだ》ちをしている里帆に迎えられた。まるで自分の家のように上がり込んでいる彼女は、二十分前からうちにいるらしい。

「不法侵入って言葉知ってる？」

「私はちゃんと仁美《ひとみ》おばさんに頼まれて鍵を預かったの。今日は泊まり込みのデイサービスの日だから晩ご飯よろしくねって」

「……親父は？」

「おじさんは明日仕事が休みだから夜釣りに行った」

親父は工場勤務、母さんは介護施設の職員をしていて、彼女は俺よりも二人のスケジュールを把握している。スマホの通知をほとんど切っている俺は、母さんいわく使えない息子だそうで、大事な用がある時には必ず里帆に連絡が行くようになっているのだ。

「大体颯大が親とろくに会話をしないのが悪いんだよ。家に帰ってきてもすぐ部屋に籠《こも》って出てこないって言ってたし、話しかけても一言二言返してくるだけだって。本当にそういうのよくないよ。おばさんとおじさんも今は元気だけど、いつなにがあるかわからないんだからちゃんと家族の時間は大切にしないと」

玄関からリビングまでの移動中。彼女はうちの親から小言も預かっているのか、ずっと機関銃のように喋り続けていた。一通りの説教が終わると慣れたようにキッチンに向かい、これまた手慣れた様子でフライパンを握った。

「オムライスがいいよね？」

うちの親と彼女の親が学生時代からの仲とはいえ、俺はこの環境に今さらながら少々文句がある。いくら仲良しでも家を真向かいに建てるのはどうかと思うし、家族ぐるみの関係だとしても、思春期真っ只中の高二の男女を平気で二人きりにさせるのは、色々と問題だと思う。

「お前も次からは断っていいよ。小さいガキじゃないんだし、晩飯くらい自分でなんとかするから」

「じゃあ、今日もなんとかする？」

「…………」

「私、オムライス作らずに帰っていいの？」

「作ってください。お願いします」

「素直でよろしい」

彼女は腕に付けていたゴムを使って、長い髪を高い位置で結んだ。文句はあっても腹は減る。正直、里帆が作る料理は旨《うま》い。とくにオムライスは絶品すぎて、外でほとんど食べなくなってしまったくらいだ。

「今日、瑞己のこと待ってなくてよかったのかよ」

オムライスは十分くらいで完成した。ついでだからと彼女は自分のぶんも作って、それを俺の正面に座りながら食べている。

「待たないよ。私がいても練習の邪魔になるだけだもん」

野球用語で捕手のことを女房役なんて呼ぶことがあるけれど、違う意味で里帆は学校で瑞己の女房みたいな扱いをされている。美男美女カップルとして憧れている人も少なくないと聞くが、二人は付き合っているわけじゃない。まあ、そのうちそうなるかもしれないけれど、恋愛に関してだけは三人で話さない。家族のように近い存在だからこそ、そこら辺は昔からむず痒《がゆ》い話題だったりする。

「いっそのこと野球部のマネージャーやればいいのに」

「高校野球のマネなんて私には務まらないよ」

「中学ではやってたのに？」

「辞める時はいつだって突然なの。誰かさんみたいにね」

野球をしなくなって二年が過ぎた。その理由を誰にも話していないし、これからも口にすることはない。時間が経てば、なんであんなに夢中だったんだろうって野球熱は冷めていくと思っていた。そうすれば自然と別の球技をやるかもしれないし、スポーツじゃなくてもなにかやりたいことが見つかるかも、なんて自分に期待していたけれど……。残念ながら、やりたいことはまだ見つかってない。


「ご丁寧《ていねい》に送ってくれて、どうもどうも」

「前の家なのに送るかよ」

外に出ると、辺りはすっかり暗くなっていた。道路を挟んだ向こうにある『大渕』の表札を横目に、俺は軽いストレッチを始める。里帆んちのおばさんと母さんがしょっちゅう井戸端会議をしている道は車もほとんど通らない。

「今日のランニングはこれからなんだね」

「朝は走りに行かなかったからな」

「帰宅部なのに、毎日三キロ走ってる理由は？」

「うちの親父、糖尿《とうにょう》だろ。遺伝することもあるって言うし、普通にこえーじゃん」

「だから野球部を辞めた今でも走り込みをしてると？」

「こういうのは習慣が大事だし」

「本当に？」

「本当だよ」

　足首と同時に手首も回しながら、指の骨を一回だけ鳴らした。親たちのように長話ができない俺は、すぐに走りだそうとしたけれど、言い忘れていたことを寸前になって思い出した。

「あのさ、学校で俺のことを颯大って呼ぶなよ」

「なんで？」

「俺も大渕さんって呼ぶようにしてるから」

「だから、なんでよ」

「色々と面倒くさいんだよ。大渕さんは高嶺の花らしいですから」

「なにそれ」

「すっとぼけんなよ。モテてる自覚くらいあんだろ」

男子から人気があるのは、今に始まったことじゃない。幼稚園の時も小学校でも中学校でも『一番可愛い女子と言えば？』というランキングが始まると、必ず一位に里帆の名前が挙がった。本人は隠しているが、今まで何人もの男から告白されているのも知っている。

「周りがなんて言おうと、私と颯大は幼なじみでしょ」

「…………」

生まれた時から一緒で、お互いの親とも仲がよくて、家も目と鼻の先。これでも自分なりに彼女とは距離を置いているつもりなのに、幼なじみという名の守備が強固すぎて、簡単には崩せない。

「早く中に入れよ」

俺は里帆の目を一度も見ずに走りだした。十七年間変わらない関係に思えても、オムライスの礼すら伝えられないほどの溝《みぞ》は存在する。……あいつなら、瑞己なら素直にありがとうって言えるんだろうなと思いながら、また荒川《あらかわ》の河川敷までやってきた。

ここはランニングコースにもなっていて、その途中には埼玉と東京の間に架《か》けられた橋がある。川を跨《また》ぐ一等橋の高架下には、巨大なコンクリートの橋脚《きょうきゃく》があり、そこでよく壁当ての練習をしていた。

――『颯大すごいよ！　天才っ!!』

里帆がチョークで描いたストライクゾーン。そこに目がけてボールを投げ続けていたことで、ずいぶんとコントロール力が身についたと思う。あの頃は、本当に楽しかった。楽しすぎたと言ってもいい。

俺が野球という世界に魅《み》せられたのは、小学生になってすぐのことだ。テレビで流れていた夏の高校野球。甲子園という特別な舞台で戦っている選手たちの姿がカッコよくて、自分も野球をやってみたいと思った。

その日のうちに母さんに頼んでみたら『中学生になれば野球部があるわよ』なんて遠い話をされて、今すぐにでも始めたかった俺は同級生の兄ちゃんがやっていた少年野球チームに行き着いた。母さんでは話にならん！と親父にせがみに行ったら二つ返事で許してもらえたけれど、そこの野球チームは入会費や月会費、遠征《えんせい》費用などがバカ高くて、俺は諦《あきら》めざるを得なかった。

こうなったら独学でやってやると見つけたのが、あの壁打ちができる荒川の高架下だった。そこへ足繁く通い、ひたすらボールを投げては捕《と》るを繰り返した。そんな俺の練習に毎回里帆は飽きずに付き合ってくれた。ある程度の基礎知識はなんとかなっても、やっぱり野球は試合をしなければ意味がない。偶然にも入ることを断念した少年野球チームの練習場が同じ荒川にあったこともあり、俺は野球友達をたくさん作った。その繋がりから監督とも仲良くなったりして、ついに地道な交流が身を結ぶ瞬間が訪れる。

『助っ人として、ピッチャーで投げてみないか？』

選手の欠員が出たことで、監督から声をかけてもらったのだ。俺の出番は五回裏。すでに相手に八点も取られている状態で、仲間の士気も下がっていた。一方の俺は初めての試合で浮かれまくっていて、勝敗関係なく楽しんで投げただけなのに三者連続三振。俺が投げるたびに周りが沸《わ》いた。試合は追加点が取れずに負けたけれど、その日は一晩中興奮して眠れなかった。頭の中は野球でいっぱいで、野球のことしか考えられなくて、心の底から野球が好きだと思った。

「……ハア、ハア……」

俺はランニングの足を止めた。それは思い出の高架下の近くだ。里帆が描いたストライクゾーンがまだ残っているかはわからない。野球を辞めてから、あの場所には一切行かなくなった。二年経っても、右手の血豆《ちまめ》が潰れた痕《あと》は固いままで残っている。今の瑞己の手はもっと豆だらけだろう。パーカーのフードを深く被《かぶ》って、また走りだした。初めて三振を取って眠れなかった夜は一瞬で過ぎ去ったのに、あいつに打たれたあの夏はまだ消えてくれない。

「やっぱ恋愛って駆け引きが重要だと思うわけよ！」

平子は朝から俺の机に張りついて、恋愛とはなんたるかを熱く語っている。パズルゲームのログインボーナスを貰《もら》い忘れていることに気づいてスマホを開いたら、「だってそうだろ？　野球だって粘ることが大事だって言うしさ！」と前のめりに問われた。

「……野球、興味あんの？」

「いや、俺はBリーグしか興味ねえ。この長髪の理由を聞きたいかい？」

「いや、別に」

「スラダン新装版の六巻の表紙がマジでカッコよくてさー。美容院に行く時はそれ見せてこれにしてくださいって言ってる」

「うわ……」

「うわってなんだよ！」

なぜ平子が纏《まと》わりついているかというと、どうやら狙っていた後輩の女子に告白してフラれたらしい。平子いわく恋愛は手数勝負のようで、里帆もその中に含まれているんだろう。数撃ちゃ当たる精神は、ある意味潔くて清々《すがすが》しい。

「俺らみたいな非モテは積極的に当たっていかなきゃいけないんだよ」

「誰が非モテだ」

「葉山だって非モテだろ。彼女いねーし、いたことなさそうな顔してんじゃん。ちなみに俺はあるぞ。いっつも一か月足らずでフラれるけどな！」

「大声で言うことか」

「大体世の中不公平なんだよ。顔よし頭よしのやつに才能まで与えやがって、本当にやってらんねーよな！」

「誰のこと？」

「誰って瀬戸瑞己に決まってんだろ！」

瑞己に対して平子の当たりがきついのは、自分が狙っている女子がことごとくあいつに片思いしているからだ。直近でフラれたという後輩の子もよく野球部の練習を見に行っているそうで、平子は勝手に敵対心を燃やしている。

「天は二物を与えずって、あれ嘘《うそ》じゃん。瀬戸って欠点とかねーの？」

「瑞己は――」と言いかけると、教室に爽《さわ》やかな男が入ってきた。

「強《し》いて言うなら、怪我《けが》しやすいところかな」

「うおっっ!!」

振り向いた平子が椅子《いす》から飛び上がった。瑞己は右手を軽く上げて俺に「よっ」と挨拶《あいさつ》をしてきた。野球部の期待の星として活躍している瑞己は、立っているだけでかなり目立つ。女子たちも途端に騒ぎ始めて、平子はますます気に入らないという態度を剥《む》き出しにしていた。

「ど、どうしたんだよ？」

瑞己のクラスは二組だ。里帆とは隣同士だから廊下で話していたりするのを見かけることがあるけれど、俺は五組だから基本的に鉢合わせする頻度は少ない。

「メッセージ送ったんだけど、見てない？」

「え、あ、ああ。悪い、通知切ってるから」

「そうだろうと思ったから直接誘いに来た。今日の昼飯一緒に食べよう。たまにはいいだろ、な？」

俺は里帆と同様に、瑞己ともなるべく顔を合わせないようにしている。それをわかっているからこそ、たまに瑞己はこうして圧をかけてくるのだ。

――九年前。瑞己がうちの小学校にやってきた日のことは、今でも鮮明に覚えている。県外から〝みずき〟って名前の転校生が来るらしい。いち早く情報を手に入れたクラスメイトのおかげで、男子たちは大盛り上がり。可愛いかな、どんな子だろう。俺もその輪に加わって『みずきちゃん』への期待を膨《ふく》らませていた。注目の的になっていたみずきちゃんは担任に連れられて、静かに教室に入ってきた。髪はマッシュルームカットで、いわゆるお坊ちゃんのような身なりをしていたみずきちゃんは、たしかに可愛い顔をしていたが、女子じゃなくて男子だった。

『……瀬戸瑞己です……。よろしく……お願いします』

瑞己は下を向いたまま、弱々しい声で自己紹介をした。みずきちゃんへの期待値が上がっていたぶん、男子たちは露骨《ろこつ》にガッカリしていた。瑞己は第一印象のまま性格も引っ込み思案で、そのうえなにもないところでコケたりするほどどんくさいやつだった。クラスメイトとなじめないことを見かねた里帆が積極的に声をかけても、瑞己は逃げていくだけ。その姿にだんだん苛立《いらだ》ってきた俺は、ある日追いかけて瑞己のことを取っ捕まえた。

『なあ、キャッチボールやらない？』

思えば、これが全ての始まりだったように思う。


「んで、なんの用だよ？」

迎えた昼休み、俺たちは中庭にいた。この場所は学食から近いこともあって、昼時には生徒たちの溜まり場になっている。昼飯を食べるためのベンチは女子が占領していたので、校舎の室外機を背にして、コンクリートの上にそのまま腰を下ろした。

「幼なじみとご飯を食べるのに、用事がないとダメなのか？」

出会った頃と比べると、瑞己は驚くほど男らしくなった。身長も今では一八〇センチ近くあるし、毎日バッティング練習をしているからか、程よい筋肉もついている。

「飯くらい、いつでも食えるだろ」

「でも俺はしばらく颯大と食べてないよ。昨日は晩飯を里帆と二人で食べたって聞いたけど」

「なんだ、そのことか。あいつと二人きりになってもお前が心配するようなことはなにも起きねーよ」

「お、俺は別にそんなつもりで言ったわけじゃ……」

瑞己はたしかに外見こそ変わったけれど、こうやって慌てている顔を見ると、中身はまったくあの頃と変わっていないところもある。

俺はピッチャーだったから、嫌なバッターというのが何人かいた。例えば、バットコントロールが上手くて左右広角の打ち分けを正確にしてくるやつとか。どんな球を投げてもホームラン級の長打力で打ち返してくるやつとか。バッターボックスから一塁ベースまでエグいくらいの俊足《しゅんそく》で走るやつとか、瑞己はそれらを全て兼ね備えている。嫌なバッターを通り越して怖かった。普段は虫も殺せないほど優しいやつなのに、俺にとって打席に立つ瑞己は世界で一番怖い存在だった。

「……怪我《けが》は大丈夫なのかよ？」

購買部で買った焼きそばパンを食べながら聞いた。瑞己は少し前まで有鈎骨骨折《ゆうこうこっ》、いわゆる手首の骨折をしていた。強い衝撃によって起こる骨折と言われていて、とくに強打者に多い怪我でもある。場合によっては手術が必要になるが、瑞己はギプス固定で骨をくっつけたと前に里帆が言っていた。

「もうすっかり完治したよ。三〇〇回素振《すぶ》りしても問題なかったし」

「その最中に平子に声かけられなかった？」

「平子ってさっき一緒だった人か？」

「そう。スラダン新装版の六巻表紙みたいな髪型してる人」

「さあ。話しかけられた記憶はないけど」

瑞己は集中すると、周りの声が聞こえなくなる。そういうやつだって俺はわかっているけれど、それを知らない人からすれば少々気取っている感じに思われてても仕方ない。

「颯大は夏休み、どっか行くの？」

「まだ考えてないけど、そっちは夏休みでも練習漬けだろ」

「まあ、練習はあるけど毎日じゃないよ。甲子園に行けてたら忙しかっただろうけど」

夏には高校球児たちの夢の舞台――甲子園がある。夏の甲子園に出場するためには、六月下旬から行われる地方予選を勝ち抜く必要がある。東京都は東西、北海道は南北に分けるため出場できる高校はそれぞれ二校。その他の二府四十三県は一校ずつ、計四十九代表の出場校で甲子園は行われる。うちの学校、埼玉県立常磐東《ときわひがし》高校は一応強豪校として周知されていて、毎年野球部員はそれなりに集まる。常磐東は埼玉の出場枠で争ったけれど、甲子園の切符までは勝ち取ることができなかった。それを一番悔《くや》しがっていたのは瑞己だ。怪我で予選に出られなかったこともそうだけど、三年生は地方大会に敗退すればそこで引退も決まる。甲子園に出場できれば、三年生は引退時期が延びて、最高峰の舞台で最後の試合をすることができたというわけだ。瑞己はきっと先輩たちを甲子園に連れていってあげたかったんだろうと思う。

「瑞己には来年があるだろ?」

行きたかったのは、瑞己も同じだ。甲子園を目指している高校は優に三千校を超す。強豪と言われている学校だって、必ずしも予選を突破できるわけじゃない。甲子園はそれだけ難しい場所なのだ。

「だったら、また一緒に野球やろうよ」

瑞己からそう言われて、俺は焼きそばパンの袋をぐしゃりと丸めた。今までこの言葉を何回言われたかは、もう数えていない。

絶対にボールを打たせない守護神の投手と、一気に得点を入れる花形の四番打者。『俺らがいれば、甲子園優勝なんて余裕だろ!』と、小学生の時は息巻いたりしていたっけ。

「小学生に送球できないほど、今の俺はポンコツだよ」

「練習すれば大丈夫だよ」

「はは、無理、無理。俺なんかより常磐東にはいいピッチャーがいるじゃん」

「たしかにいるよ。でも颯大より速いボールを俺はまだ見たことがない」

「その球を余裕で打ち返してきたのは誰だよ」

「それは……」

瑞己の口が開いたところで予鈴が鳴り、早々と腰を上げた。そんな俺を見て、瑞己も静かに立ち上がる。コンクリートに映っている影までもが、俺たちの〝差〟を映し出している。あの頃の俺が野球バカなら、瑞己は練習バカだ。

「あの時は敵だったけど、今は違う。俺は颯大と同じ高校になれて期待したんだ。また一緒に野球がやれるんじゃないかって……」

「俺が常磐東に入れたのは、自分の中の賭《か》けに負けたからだよ」

「……賭け？」

「こっちの話」

「颯大が野球を辞めた理由……俺はまだ納得してないからな」

「へいへい。じゃあな」

瑞己の熱い説教が始まる前に、さっさと立ち去った。

中学三年生の夏、俺は念願の全国大会に出場した。予選を勝ち抜いた学校だけが参加できる全国は、まさに中学生の甲子園と呼んでもいい。俺と瑞己は学区違いで別々の中学に入ったので敵同士だったけれど、同じ関東ブロックでともに全国大会に進んだ。その決勝戦、九回裏。抑えれば優勝という場面で、俺は瑞己に特大ホームランを打たれた。悔しいというより納得だった。自分の力を過信して、ナインから浮いていた俺の心ごと、空に飛ばされたような気がした。

――『もう飽きたから、野球辞めるわ』

その一言だけで野球から遠退《の》き、部屋中を埋め尽くしていた野球関連の本をすぐに処分した。未練を残したくなかった。本当は瑞己や里帆とも離れたかった。なのに、俺はまだこんなにも二人の近くにいる。

「颯大、ねえ、颯大ってばー！」

学校からの帰り道。河川敷を歩いていると、後ろから声がした。暫《しばら》く聞こえないふりをしていたが、しつこく何度も名前を呼ぶから仕方なしに振り向いた。

「なんですか、大渕さん」

なかなか追いついてこないと思えば、なぜか里帆は自転車を押していた。

「この自転車、異様に重たいんだけどなんで？」

「暗くなると勝手に点灯するオートライトが付いてるからだろ。その自転車、誰の？」

「お母さんのだよ。最近お母さんピラティス教室に通い始めてね」

「ピラティス？　なにそれ」

「インナーマッスルを鍛《きた》えて姿勢を整えるエクササイズらしいよ。その教室が駅前にあって週一でやってるんだけど、自転車で行ったことを忘れて歩いて帰っちゃったらしくて」

「それで代わりに取ってきてって？」

「そーそ。もう本当に自転車を忘れてくるなんてありえないでしょ」

「乗って帰りゃーいいのに」

「私が自転車、乗れないの知ってるくせに」

　里帆は才色兼備とまでは言わなくても、大抵のことは平均以上にやりこなす。だけど、唯一自転車だけが手こずった。小学校に上がる頃に周りは乗れるようになって、かくいう俺も補助輪なしで一発で乗れた。『早く私も乗れるようになりたい！』とせがまれて、この荒川で練習に付き合わされた。だけど、ある日大きくバランスを崩して、里帆は顔面から倒れた。おでこを切って三針縫《ぬ》う怪我をして以来、里帆は自転車に乗りたいと言わなくなった。

「よかったな、徒歩で通える高校があって」

俺は里帆の手から自転車を奪った。代わりに押してやると、後輪がカラカラと情けない音を出していた。

「そっちこそよかったね。常磐東に入れて」

身軽になった彼女が嬉しそうな顔をして隣に並んだ。

そういえば、常磐東に入れることになって一番喜んでいたのは里帆だ。野球しかしていなかった俺は、高校受験に相当苦労した。このままだと行ける学校はないとまで言われていたくらいだ。正直、通信制でもよかったし、なんなら日中働いて定時制高校に通ってもいいとさえ思っていた。だけど、里帆が付きっきりで勉強を教えると言いだして、俺は死に物狂いで受験勉強をする羽目になった。それで、瑞己も常磐東を受験することを知って、俺はどうせ受からないだろうと。これで不合格だったら、二人と離れられる理由が作れると思った。俺にとって受験は幼なじみを存続していくかどうかの賭けでもあったのだ。結果として、俺は受験に落ちた。だけど、合格者の中に入学を辞退した人がいたことで繰り上げ合格をして、滑り込みで常磐東に入れることになった。

「あの時のおばさんたち、どんちゃん騒ぎですごかったよね。まるで東大に合格したみたいだった」

「お前んちの親も交ざって本当に朝までうるせーの。近所からよく苦情が来なかったと思うわ」

「颯大は常磐東に入れてよかったと思ってる?」

「あんだけ周りが喜んでたんだから、よかったんだろうよ」

片手で自転車を押しながら、器用に右手の親指を薬指の上に乗せて骨を鳴らした。

「その癖《くせ》、変わらないよね」

「なにが?」

「颯大って嘘つく時、必ず指の骨を鳴らすんだよ」

「んなわけねーだろ」

「ねえ。あの約束、覚えてる?」

夕暮れの河川敷が金色に染まっている。深い陰陽《いんよう》を映し出している景色は全てが縁取られているように見えた。

「約束?　なんだっけ?」

里帆の顔を見ない代わりに、指の骨が一回だけ鳴った。

2 初めて怖いと思った

――『なあ、キャッチボールやらない？』

昔から交友関係は狭く深くをモットーにしていたこともあり、転校生が教室で浮いていようと、自分には関係ないと思っていた。けれど、里帆は誰とでも仲良くしたいタイプで、瑞己のことをつねに心配していた。放っておけよと伝えてもそれができないことはわかっていたので、仕方なく遊びに誘った。だからあいつに声をかけたのは、他でもない里帆のためだったんだ。

「くそ、暑っ……」

外に出ると、容赦《ようしゃ》のない炎天下が広がっていた。今日の気温は三十九度超え。世間は夏休みに入ったというのに、俺は今しがた補習という名の三時間授業を受けてきたところだ。

「颯大、なにしてんだよ？」

酷暑の中、清々しい表情で走ってきたのは瑞己だ。常磐東の野球部は紺のアンダーシャツに、全身白のユニフォーム。後ろには背番号が付いていて、瑞己は一八番を背負っている。ちなみに野球部は坊主というイメージがあるが、自主性を重んじるという理由からうちの野球部に髪形の縛《しば》りはない。

「なにってほしゅーだよ、補習」

高校は定期テストで基準に満たない点数、つまり赤点を取ると進級が危うくなる。だから留年しないための救済措置が設けられていて、俺は今日から十日間、赤点組の生徒たちと補習を受けなければならない。

「颯大がちゃんと勉強しないからだろ」

「部活やってると、色々と優遇されていいよな」

「俺はちゃんと中間も期末も平均以上取ったよ」

「そんなの知ってるっての」

部活の成績によっては追試を受けなくてもいいことになっているけれど、瑞己は元々頭がいいから赤点の心配はない。今だって平均以上なんて謙遜《けんそん》した言い方をしたが、どうせほとんどの教科が満点に近いだろう。

「俺も今日は午前練習で終わりなんだ。これからトンボ掛《が》けをするから少し待っててよ」

練習後のグラウンドはスパイクで穴だらけになる。しっかり土を平らにならさないと、打球のバウンドが不規則になって捕りづらくなったりするのだ。

「トンボ掛けは一年がやるんじゃないのかよ」

「みんなでやったほうが早いし、野球はチームワークが大事だから」

瑞己はそう言って、グラウンドのほうへと走っていった。

――『……もっと集中しろよっ!!』

中学時代、俺はよくチームメイトに声を荒らげていた。周りからエースと呼ばれ、試合に出れば先発投手として、交代なしに一人で投げていた。野球を楽しむ気持ちから、絶対に勝たなければいけないという責任感に変わった。それによって語気《ごき》が強くなることもあり、正直チームメイトとの仲は最悪だった。

『俺たち、葉山のために野球やってるんじゃないんだよ』

『は?』

『一人で野球やってるって、そろそろ気づけよ』

ミーン、ミンミンミンミー。風で揺れる銀杏《いちょう》の木から蝉《せみ》の鳴き声がした。夏は俺に後悔ばかりを思い出させる。

⚾

カアーン、カアーン!!

二打席ある防球ネットの向こう側では、瑞己が快音を響き渡らせていた。地元にはいくつかの溜まり場がある。駅前のコンビニ、昔からある公園、ショッピングモールのフードコート。そして、このバッティングセンターもそのひとつだ。

「体力おばけかよ」

俺はバッティングルームの外にある椅子に座って、ため息をつく。とくに予定がなかったこともあり瑞己の誘いに乗ったけれど、まさかここに連れて来られるとは思ってなかった。

「練習で散々バット振ってきたんじゃないのか？」

「そんなに振ってないよ。今日の練習は三時間くらいだったし」

「猛暑日に三時間は十分だろ。普通の野球部員はまっすぐ帰って休むんだよ」

「颯大も打つ？」

「俺も休みたいんだけど」

「颯大は練習してないだろ」

「三時間の補習はみっちりやってきたよ」

話している間も、瑞己は時速120キロの速球を軽々と打ち返している。

三百円で二〇球遊べるこの場所は、親父が子供の頃からあるらしい。レトロな羽根物パチンコなども置かれていることもあり、小学生の俺たちからすれば大人の場所だったけれど、小遣いを握りしめて里帆と三人でよく来ていた。

「颯大って中学の時、最高なんキロ出てたっけ？」

「そんなの忘れたよ」

「ストレートで148キロだよ」

「覚えてんなら聞くな」

二年前までの中学生最速記録は150キロだった。それを投げた人はドラフト会議で一位指名をされて、現在はプロ野球選手として活躍している。俺も最速記録を目指していたが、結局それは超えられなかった。

「部活が早上がりなら、里帆のことを誘えばよかったんじゃねーの？」

「連絡したけど今日は用事があるって。なんか最近忙しいみたいで」

「忙しい？　あいつ典子《のりこ》おばさんとピラティスでも始めたんじゃねーだろうな」

「ピラティス？」

「え、あ、いや……」

俺はわかりやすく口ごもった。幼なじみだからといって、全てのことを共有する必要はない。けれど、里帆のことで俺だけが知っていることがあると、瑞己とは少しだけ気まずくなる。

「……あいつと付き合うとかいう話になんねーの？」

小さく尋ねた声は、情けないほど弱々しかった。

「なってもいいの？」

「学校ではそう思ってる人のほうが多いじゃん」

「颯大的に、俺たちが付き合ってもいいのかって話なんだけど」

「別に俺の許可なんていらねーだろ」

二人は周りからカップル扱いされても否定しない。いちいち弁解するのが面倒なだけかもしれないけれど、瑞己は女子から告白されると必ず『好きな人がいる』と断っている。その好きな人とは、もちろん里帆のことだ。

瑞己をキャッチボールに誘った日から、俺たちは三人で毎日遊ぶようになった。体育が苦手だという瑞己に『野球だったら面白いよ』と、家にあったバットを貸してやった。俺が投げたボールを打ち返すことから始めて、里帆はその傍《そば》で練習ノートを付けていた。俺たちの一番近くにいる天真爛漫《てんしんらんまん》な女の子。瑞己が里帆のことを意識するのには、さほど時間はかからなかったと思う。俺が里帆のために瑞己を誘ったみたいに、瑞己が野球に夢中になったのは、里帆がいたからだ。

「ほら、颯大の番」

バッティンググルームから出てきた瑞己は、俺にバットを差し出していた。最初は握り方もわからなかったくせに、今の瑞己はバッターの手をしている。

「だから、俺はやらないって」

「ホームランの的に当てたら、なんでも奢《おご》るよ」

「そんなんで釣られるか」

「ハンバーガーでどうだ」

「それだけで腹いっぱいになるわけないだろ。高二男子の胃袋なめんな」

「じゃあ、ハンバーガー二個！」

「やんない、やんない」

「ハンバーガー二個とポテトセット！」

「……たく。ハンバーガー二個とポテトセットにシェイクな」

しぶしぶ重い腰を上げた。ピッチングマシンから出てくるボールの速さは選べるけれど、俺は瑞己と同じ120キロに設定した。ホームランの的は防球ネットに吊り下げられている。角度、方向、飛距離を完璧にしないと絶対に当てられない場所だ。

マシンから一球目が飛んできた。俺はバットを振らずに、タイミングだけを見る。正直バッティングはそんなにうまくないから、今までホームランの的に当てたことは一度もなかったりする。それを知っていて、瑞己は俺にやらせた。自分の中の小さな対抗心に火がついている。

二球目も俺は見送った。ボールを的に当てると、ホームラン賞というものが貰える。小学生の時は羽振りよく3ゲーム無料券をくれたが、中学になって瑞己が連続でホームラン賞を取るから、いつしか無料券は配布されなくなり、代わりに野球ボールをモチーフにした球《きゅう》ちゃんという謎のマスコットキャラのストラップだけが貰えるようになった。おかげで里帆の部屋には数えきれないほどの球ちゃんが飾られていたけれど、今はどうだか知らない。

三球目がバットの横を通り過ぎると、後ろから瑞己の声がした。

「全部、見送るつもり？」

「うるせーな」

その間にもボールは次々と飛んでくる。さっき瑞己はあえてホームランの的には当てないように打っていた。今の瑞己だったらあんな的、百発百中で狙えるんだろう。次で勝負をかけようと、バットを強く構えた。

「さっき許可はいらないって言ってたけどさ」

「今、話しかけんな」

「俺、里帆に告白していい？」

「え、は？」

――カキーン。振り遅れたと思っていたバットにボールが当たった。そのまま飛距離を伸ばし、見事にホームランの的に命中すると、おめでとうを知らせる軽快なメロディが流れた。

「いやあ、昼飯代浮いたわ」

バッティングセンターを出た後、俺は瑞己と河川敷を歩いていた。テイクアウトしたハンバーガーとポテトは秒で食べ終わり、今はシェイクを飲んでいるところだ。

「本当に当てるとは思わなかったよ」

瑞己は自分の昼飯も買ったので、財布の中が空っぽになってしまったらしい。俺も当たるとは思ってなかった。ごく稀《まれ》にまぐれでホームランを出す人がいるけれど、まさにあれは偶然がゆえに打てたものだと思う。

「それでさっきの話、いいの？」

せっかくこのまま話を逸《そ》らそうとしたのに、瑞己にさらりと軌道修正された。

「いいも悪いも、俺があれこれ言うことじゃないだろ」

瑞己は顔に出やすいから、里帆への気持ちが丸わかりだし、多分本人も隠しているつもりはない。言うなれば瑞己のボールは変化球なんてできないど真ん中のストレート。一方の里帆は案外鈍いところがあって、瑞己の好意を幼なじみとしての「好き」だと思っている。

「俺はもっと颯大が嫌な顔をすると思ってたよ」

「お前がもっと嫌なやつならしてたよ」

「本当に、本当に、いいの？」

「しつこいぞ。それに俺は……あの時にもう負けてるからな」

「中三の全国大会のこと？」

「試合だけじゃなくて、それ以外のことも全部だよ」


瑞己と友達になってから、俺たちはほぼ毎日河川敷の高架下で野球の練習に明け暮れていた。瑞己の家はうちより裕福だったのに、『俺は颯大と野球がやりたいから』と、少年野球チームに入ることはしなかった。

『行くぞ、瑞己』

『さあ、来い！』

バットを構える顔が様《さま》になってきた小五の夏には、瑞己は俺が投げたボールを打ち返せるくらいに成長した。

『今、本気で投げた？』

『いや、力は半分くらい』

『あれで半分かー。やっぱり颯大はすごいや』

俺は助っ人選手として少年野球チームの試合に出てから、時々監督に声をかけてもらえるようになっていた。今のところ俺が出た試合は負け知らずで、おそらくまた呼ばれることになるだろうけれど、瑞己はまだ試合に出たことはない。『友達なんです』と紹介して瑞己のバッティングを見せても、監督はあまりいい顔をしない。

『……俺もいつか試合に出てみたいな』

『だったらチームに入れよ。親に頼めば簡単だろ』

『でも、俺は颯大と野球をやるのが楽しいから』

『本当にそれだけ？』

『え？』

『颯大ー、瑞己ー!!』

するとと、上のほうで声がした。瑞己と同時に顔を上げると、里帆が遊歩道で大きく手を振っていた。河川敷には下へと続く階段があるっていうのに、彼女はそのまま急斜面になっている土手を駆け下りてきた。

『おい、あぶねーぞ』

『……わっ！』

手を貸しにいこうとした瞬間に、里帆が盛大に尻餅《しりもち》をついた。そのまま滑《すべ》り台のように落ちてきた姿を見て、瑞己が慌てて駆け寄った。

『り、里帆、大丈夫!?』

『へへ、滑っちゃった』

少し恥ずかしそうに腰を上げた里帆の洋服には、たくさんのトゲトゲが付いていた。

『ったく、オナモミだらけじゃねーか』

どこにでも生えているオナモミは、丸い実のような見た目をしていて鉤状《こうじょう》の棘《とげ》が付いている。別名ひっつき虫と言われているくらい一度付いたら離れない。

『こんなところにも付いてるし』

『い、今、おしり触った！』

『取れないと思って、取ってやったんだよ』

俺たちと外で遊んでいる里帆は、同級生の女子に比べると日焼けをしている。少し前まではシャンプーが楽だからと髪も短かったけれど、最近は結びたいからという理由で伸ばすようになった。そのせいなのか、余計に男子からモテるようになったことが少々気に食わない。

『里帆、髪の毛にも付いてるよ。今、取ってあげる』

『わー瑞己、ありがとう！』

里帆の笑顔を見て、瑞己が顔を赤くさせていた。それもちょっと面白くない気がして、俺は里帆が持っていたビニール袋を勢いよく奪った。

『お、アイスじゃん。サンキュー』

『ちょっと、勝手に取らないでよね！』

『でも、俺らに買ってきてくれたんだろ？』

『颯大のはない！　これは私と瑞己で食べるから！』

『三つあるくせに』

『私が二つ食べるの！』

里帆がアイスを取り返そうとしてきたので、俺は袋を高く上げた。背が低い彼女はウサギのように飛び跳ねていて、それを見ていた瑞己が心配そうに『やめなよ』なんて、里帆のことを庇《かば》っていた。

『あー美味《おい》しい♪』

なんだかんだ言いながら、俺たちは土手に座って同じ棒付きアイスを食べることにした。正直あまりソーダ味は好みではなかったけれど、三人で食べるようになってからはいつの間にか好きになった。

『なんか夏の風って、始まりの匂いがするよね』

川の水面を撫《な》でている風を眺めながら、里帆がそんなことを言った。

『なんだ、そりゃ。始まりに匂いなんてないだろ』

『あー俺はなんかわかる気がするな』

『おい、瑞己、納得すんなよ。そのうち終わりの匂いは～とか言いだすぞ』

『もう、颯大はいっつも屁理屈《へりくつ》ばっかりなんだから！』

その時、どこからか打球音が聞こえた。今日は荒川の野球場を社会人の草野球チームが貸し切っている。

野球は先攻の表と後攻の裏に分かれて試合を行い、その回数のことをイニングと呼ぶ。通常の試合は延長がなければ9イニング。草野球は7イニングまでで、試合時間も九十分と決まっている。さっきの打球音で点が入ったかはわからないけれど、おそらくそろそろ決着がつく頃だろう。

『瑞己も中学に行ったら野球部に入るだろ？』

『もちろん。本当は颯大と一緒に入部できたらよかったけど……』

『学区違いなんだから、しょうがねーよ。でも別々の学校に行ったほうが色々と情報収集できるじゃん。それを高校で活かせばいいんだし』

『高校？』

『ああ、高校は甲子園がある』

テレビで観た阪神甲子園球場。叶うなら、俺もあの場所のマウンドに立ってボールを投げてみたい。

『じゃあ、三人で甲子園に行こうよ！』

俺たちの会話を聞いていた里帆が立ち上がった。勢い余ってまた滑り落ちそうになったので、俺と瑞己で片方ずつ手を掴んだ。

『私は野球できないけど、応援なら任せて！　だって私は颯大と瑞己のファン一号だから！』

『『ファンって！』』

里帆の言葉に、俺と瑞己は同時に噴き出した。思わず笑ってしまったけれど、自分の中で熱いものが込み上げた。里帆と瑞己がいれば、なんでもできるような気がする。いや、なんでもやってやるって気持ちになった。

『ね、じゃあ、決まり！　絶対にいつか三人で甲子園に行く。これは私たちの約束だからね！』

里帆が俺たちの手を強く握ってきた。横並びになって繋がっているシルエットが河川敷に映っている。初めてできた夢は、三人の夢だった。希望に満ち溢《あふ》れていた約束は、きっともう叶わない。それを破ったのは、野球からも、二人からも、そして自分からも逃げた俺なんだ――。

♣

私の部屋には宝箱がある。その中には颯大と瑞己の練習ノートに、ホームラン賞の球ちゃんストラップ。お祭りのくじで当てた万華鏡《まんげきょう》に、河川敷で見つけたクローバーの押し花。それから〝あの日の優勝ボール〟が入っている。

『もう飽きたから、野球辞めるわ』

『なんで急にそんなこと言うの？』

『急じゃない。ずっと前から考えてて、やっと気づいたんだよ』

『気づいたって、なにに？』

『俺は一生瑞己には勝てない。よかったな、あいつから優勝ボールが貰えて。瑞己と一緒にいれば、いつか甲子園に連れてってもらえるよ』

あの夏から、もう二年。颯大が野球を辞めてしまった後も、関係が変わらないように必死だった。彼が離れていかないように、なにがあっても私たちは幼なじみだから！って言い続けた。そのおかげで手を伸ばせば届く距離にいてくれているけれど、今でも颯大の存在が遠くに感じる時がある。


「……ほ、里帆？」

ハッと我に返ると、日下部《くさかべ》明日菜《あすな》が心配そうな表情を浮かべていた。明日菜とは去年も同じクラスで、席が近くになったことがきっかけで話すようになり、今でも仲良くしてもらっている大切な友達だ。

「ぼうっとしちゃって、どうしたのよ？」

「え、ど、どうもしないよ！　あ、この桃のフラペチーノ美味しいね！　ちょっと高いけど買ってよかった！」

紙ストローを啜《すす》ると、口いっぱいに桃の味が広がった。入った時には空いていたスタバの店内は、いつの間にか満席に近い状態になっている。今日は明日菜と一緒に夏休みの課題をやるために集まった。本当は図書館の自習室を使う予定だったけれど、混んでいたこともあり、この店で勉強を進めているところだ。

「なんでもないなら、いいんだけど」

「うん。それより今日は時間を午後からにしてもらっちゃってごめんね。それがなかったらきっと図書館も使えたはずなのに……」

「全然いいよ。うちも桃のフラペチーノ飲みたいと思ってたしね」

明日菜はしっかり者で、お姉ちゃんみたいだから、こうして急遽《きゅうきょ》予定が変更になっても広い心で受け止めてくれる。

「それで、ナジミーズたちとはどんな感じなのよ？」

ナジミーズとは、私たちだけがわかる造語で幼なじみという意味。葉山くん、瀬戸くんと、二人合わせて呼ぶのは面倒だと明日菜が考えたものだ。

「颯大は補習、瑞己は練習で忙しそうだよ」

「会ってないの？」

「夏休みに入ってからはまだ会ってないかな。っていってもまだ一週間くらいだけど」

「前から言ってるけど、うちは瀬戸くん推しだからね」

「明日菜って、イケメン好きだもんね」

「顔関係なく瀬戸くん以上にスペックが高い男子はそうそういないよ。何人の女子が彼に告白して玉砕《ぎょくさい》したと思ってるの？」

「たしかに瑞己は人気だけど、颯大だってああ見えて中学まではけっこうモテてたよ」

学年で一番運動神経がよかったし、体育祭や球技大会で活躍したりすると、よく女子から声をかけられていた。

「まあ、葉山くんも悪くはないよ？　でもさ、うち去年選択授業が一緒だったけど、葉山くんってほぼ授業中は寝てるし、教科書もいつも忘れるし、先生から注意されても『さーせん』って謝るだけだし、要するになんか適当なんだよ」

「ははっ、うん、颯大は昔からそうだよ。野球以外は本当に興味がない人なの」

「いや、それもうちからすれば疑わしいわけよ。あの葉山くんがピッチャーやってたなんて信じられない」

明日菜だけじゃなくて、大抵の人はみんなそう言う。投手として活躍していた期間は短かったけれど、彼は中学時代名の知れた選手だった。颯大がマウンドに立てば絶対に大丈夫というくらい、周りから頼りにされていた。とにかく強かった。眩《まぶ》しいくらいに輝いていた。だから、少しだけ悔しくもなる。野球をやっていたことを知られていないことも、知っていたのに忘れられていくことも。

「明日菜。私、ちょっと文房具屋さんに寄ってから帰るね」

スタバを出る頃には、十七時になっていた。お喋りに夢中になって課題は半分も終わらなかったけれど、また来週に集まろうと約束した。

「だったらうちも付き合うよ?」

「ううん、ノートを買うだけだから」

「そっか。じゃあ、また連絡するね!」

「うん、またね!」

明日菜と元気に別れた後、鞄《かばん》に入っているピルケースを取り出した。

いつでも飲めるように持ち歩いているペットボトルの水で、複数の薬を流し込む。

小さい頃から薬を飲むのが苦手で、中学生まで錠剤《じょうざい》を服用することができなかった。

どんなに風邪をひいても、私はずっと粉薬でいいんだ!なんてよくわからないことを思っていたりしたけれど、今では錠剤だけじゃなくてカプセル剤も飲めるようになった。一日三回。必ず飲まなければいけない薬のおかげで、ずいぶん服用がうまくなった。……こんなの、うまくなっても嬉しくないのに。

落ち込まないように気持ちを切り替えて、駅前の文房具屋に入った。家に勉強用のノートならあるけれど、今日はどうしても新しいものが欲しかった。色々な種類があったけれど、私は青空の中に入道雲が浮かんでいるデザインのノートを買った。それは三人でソーダ味のアイスを食べた、あの日の河川敷の空に似ている気がする。

高校生になったら、一緒に甲子園に行こうと約束した。瑞己は今でもその夢を叶《かな》えようとしているし、私もあの約束だけはずっとずっと心の大切な場所にある。

……颯大はどうだろう。本当に野球に飽きてしまったのならそれでもいい。だけど、瑞己も私もそれが嘘だってわかっている。わかっているからこそ、本当の理由が知りたいと思っている。

「……あ、」

家に着いて玄関前の門扉《もんぴ》に手をかけたら、ラフな格好をした颯大が歩いてきた。

「どこか行ってたの?」

「コンビニ。今日も母さんがいないから、夜は親父と二人なんだよ」

「もしかしてお弁当買ってきたの?　言ってくれたら私が作りにいくのに」

「お前も色々忙しいんだろ。瑞己が言ってたぞ。最近付き合いわりーって」

「瑞己はそんな言い方しないよ」

「意味合い的には大差ねーよ」

颯大の口から瑞己の名前が出てきて、少しホッとしている自分がいた。昔はしょっちゅう三人で遊んでいたけれど、いつの間にかそれもなくなった。幼なじみであることは変わらないのに、やっぱりその形は子供の頃とは違う。

「あ、そうだ。ちょっとここで待ってろ」

颯大はなにかを思い出したように、家の中へと入っていく。すぐに戻ってきた彼の手には懐かしいものが握られていた。

「これやるよ」

それはバッティングセンターの景品、球ちゃんストラップだった。ホームラン賞を取ると貰えるストラップは、私の宝箱に十個以上ある。それらは全部瑞己から貰ったものだけど、こうして颯大から渡されたのは初めてだ。

「颯大がホームランを打ったの？」

「まあ、成り行《ゆ》きで」

「もしかして、瑞己と一緒に？」

「それも成り行きでな」

颯大から受け取った球ちゃんストラップは、新品のはずなのに少しだけ塗装が剥がれている。隣町に大きなアミューズメント施設ができたことで、地元のバッティングセンターはほとんど人がいない。

「あとでポストにでも入れておこうと思ったから、ちょうどよかったわ」

「ポストに入れるくらいなら直接渡してよ」

「改まって渡すようなもんでもないだろ」

うちから颯大の家までの距離は、たったの五歩。私は今でも彼の家に行くが、颯大はうちに来ない。仁美おばさんに頼まれてなにかを届けに来てくれることはあっても、他人行儀にインターホンを押して絶対に中には上がらない。小さい頃はこっちが呆れるほど遊びに来て、うちでご飯を食べていくこともあったのに。颯大はきっと、私と離れたがっている。野球を辞めてしまったのと同じように理由はわからないけれど、もしかしたら幼なじみだってやめたいと思っているかもしれない。

「ねえ、これから暇？」

「弁当食べるから暇じゃねーよ」

「まだ晩ごはんには早いでしょ。少しだけ付き合ってよ」

「付き合うって、どこにだよ？」

半ば強引に連れていったのは、いつもの河川敷だった。私はそこに〝あるもの〟を停《と》めて、気合いを入れるために髪の毛を高い位置で結んだ。

「よし、じゃあ、始めよう！」

そう言って跨がったのは、おでこを縫ってから乗ることがなかった自転車だ。私は自分の自転車を持ってないから、お母さんから借りてきた。

「よし、じゃねーよ。なんで急に自転車の練習？」

「やっぱり乗れたほうがいいと思って」

「乗れなくても生活には困らないだろ」

「それでも、乗れるようになりたいの」

　ハンドルを握ってペダルに足をかけると、颯大は大きなため息をついた。

「俺は前みたいに手は離さないからな」

　颯大が荷台を持ってくれたタイミングで、私は左足で地面を蹴《け》った。バランスが取れなくて、自転車がふらつく。すぐに足を着いてしまったけれど、めげずに再び漕《こ》ぎだした。

「下を見るな、前だけを見ろ」

「み、見てる」

「あと肩に力入りすぎ。ハンドルは弛《ゆる》く握れ」

「そ、それは無理かも」

　前輪が左右に揺れるたびに、自分の体も同じ動きをした。また足が着いてしまい、自転車が止まる。自分では漕いでいるつもりなのに、スタート位置から全然進んでいなかった。

「もうやめる？」

「やだ。絶対にやめない！」

私はまたペダルに足を乗せた。怪我をした時、一番責任を感じていたのは颯大だった。私が勝手にバランスを崩して転倒しただけなのに、『俺が手を離したからだ』って、つらそうな顔をしていた。今はもうほとんど傷は残ってないし、私も気にしていないのに、颯大は自転車から手を離さない。

「颯大、離していいよ」

私は前だけを見て、ひたすらペダルを漕ぎ続けた。また転ぶかもしれない。だけど、転んだらまた立ち上がればいいだけ。

「でも離したら……」

「大丈夫。信じて」

その言葉に、颯大の手がゆっくりと離れたのがわかった。河川敷を照らしている夕日を目指して、私は一人で進む。ブレーキをかけて後ろを振り返ったら、颯大がずいぶん遠くにいた。

「の、乗れた！　見たよね？　乗れた、乗れたよ……わっ」

はしゃぎすぎた結果、私は自転車ごと倒れた。「結局、転んでるし」と、呆れながら颯大がすぐに助けてくれた。

「でも、乗れたよ！」

まだ興奮が続いている。他の人より十年遅いかもしれないけれど、勇気を出して挑戦してよかった。私の代わりに自転車も起こしてくれた颯大は、嬉しそうじゃない。きっとまだ心配してくれているんだと思う。

「調子に乗ると、また大怪我するからな」

「平気だよ。もう自転車は怖くないもん」

「俺が怖いんだよ」

「え？」

「お前がおでこを切って血を流してるのを見た時、初めて怖いと思った」

なぜか胸がぎゅっとした。颯大は自分の気持ちを言うのが得意じゃないし、周りから掴みどころがないって思われることも多いけれど、本当は誰よりも優しい人なのだ。

「ねえ、明日何時？」

「なにが？」

「ランニングの時間」

「明日行くとは限らないだろ」

「行くでしょ。だって今朝も補習前に行ってた」

「監視してんじゃねーよ」

「それで、明日は何時？」

「明日は朝から暑いらしいから、日が沈んだら行く」

「わかった」

「わかったって、なんだよ？」

その問いに対して、意味ありげに微笑み返した。帰りは颯大が自転車を押してくれて、その隣に並んだ。鴇色《ときいろ》に染まる道に、ふたつの影が色濃く映っている。そういえば私は、何年も颯大のことを見下ろしていない。小さい頃は私のほうが彼より身長が高かったし、颯大の頭を撫でたりしてからかったこともある。だけど、いつの間にか追い抜かれて、颯大の頭は背伸びをしても届かないほど高い場所にある。

「「……あのさ」」

声が重なってしまって、私たちは顔を見合わせた。

「あ、ど、どうぞ」

「お前が先に言えよ」

「私は別に大したことじゃないし、言おうとしてたこともなんか忘れちゃった！」

「なんだ、それ」

「颯大はなに？」

「……最近、瑞己になんか言われた？」

「え、なにも言われてないよ。そもそも会えてもないし」

「ふーん……」

「な、なに？　瑞己が私のことをなんか言ってたの？」

「なにも言われてないならいい」

自分から聞いてきたくせに、颯大は勝手に話を終わらせてしまった。十七年間一緒にいるのに、彼は時々私の知らない顔をする。近くにいるのに、やっぱり今の颯大は少しだけ遠い。


その日の夜。机の上で開いたのは、文房具屋で買ったノートだ。中学時代、野球部のマネージャーは私を含めて四人いた。それぞれに役割担当があり、私は試合などの結果をスコアブックに記入することを任されていた。

「えっと、こんな感じかな？」

今日購入した無地のノートに定規で罫線《けいせん》を引く。スコアブックと同じように1～9の数字を書いて、そこに表と裏の表記も書き足した。これはスコアブックならぬ、自分ノート。今日はここにやりたいことを九つ書こうと決めた。

1（表）自転車に乗れるようになりたい
1（裏）颯大のランニングの並走をする

表は文字どおり、表向きの理由。そして裏には本音が隠されている。私は颯大みたいにランニングをする体力はないけれど、自転車だったら一緒に走ることができる。

ずっと色々な言い訳をして自転車に乗ることを先延ばしにしてきたけれど、時間は無限ではない。だからこそ、やれることはやりたいと自分ノートをつけようと思った。

色々と考えて九つの願いを書き終えたところで、スマホが鳴った。

「あ、もしもし。どうしたのー？」

画面をタップして、すぐ耳に当てた。着信は瑞己からだった。

『別に用はないよ。ただなにしてるかなって思って』

「そっかそっか。今は部屋にいるよ。瑞己は今日も練習だったでしょ？」

『うん。三年生が引退して新チームになったから、秋季大会に向けての練習してる』

「野球部って休む暇なく大会があるから大変だよね」

『まあ、それだけ人気のスポーツってことだよ』

「夏の甲子園、もうすぐ始まるね。出場できなくて残念だったけど、テレビの試合は観る？」

『もちろん。里帆と観れたら嬉しいって思ってるんだけど』

「じゃあ、一緒に観よう！　うちで観てもいいけど……あ、颯大も誘う？」

『誘っても颯大は来ないよ』

テンポよく続いていた会話が途切れた。瑞己は颯大と二人で会っているし、私もそう。だけど、その間に野球が入ると、途端に空気はぎこちなくなる。

「……もう颯大と喧嘩しないでね」

私は小さな声で呟《つぶや》いた。中学三年生の全国大会の後、飽きたから野球を辞めると言いだした颯大と瑞己はかなり揉めた。言い合いというより、瑞己が納得できなくて一方的に怒っていた。二人は暫く口を利《き》かなかったが、高校入学を機に少しずつ関係を修復して、今では普通に話すようになった。

『多分、俺たちはまだ喧嘩中だよ。仲直りした覚えもないし』

「でもバッティングセンターには一緒に行ったんでしょ？」

『うん。少し前に弁当も一緒に食べたし、また誘えば颯大は面倒くさそうにしながらも俺と遊んでくれると思う』

「だったら……」

『でも、やっぱり前とは微妙に違うんだ。颯大が俺に対して思うことがあるように、きっと俺も颯大が野球を辞めたことに対して心の中では怒り続けてる』

颯大は瑞己のことを野球の世界に引っ張った。なのに、一方的に彼は野球から遠ざかっていった。あの河川敷で同じ夢を誓い合った関係には戻れないのかもしれない。

私は自分ノートを見つめながら、先ほど書き込んだ2の欄を指でなぞった。

3 あいつはダメだよ

ランニングシューズは、必ず一年間は同じものを履くと決めている。これは一種の願掛けみたいなもので、しっかり履き潰すようにしてから足の怪我をしなくなったからだ。今でもそれが体に染みついていて、どんなに汚れても、靴底が磨《す》り減っても、靴だけは変えようと思わない。野球を辞めた俺に、怪我をしない願掛けなんてなんの意味もないのに。

「ねえ、見て！　十五分ぴったり！」

里帆が得意げな顔で見せてきたのは、スマホのタイムウォッチだ。自転車に乗れるようになってからランニングについてくるようになった彼女に、なぜか秒単位でタイムを計られている。

「別にマラソン選手を目指してるわけじゃないから、タイムなんてどうでもいいよ」

「でも颯大は軽く流してこのタイムでしょ。本気を出せば十分切れるんじゃない？」

「……はあ」

里帆に黙ってランニングに行くこともあるが、自分の自転車を手に入れたせいで追いついてくるし、今日はたまたま目が覚めて朝の六時に外に出たら『もう行くの？』なんて、向かいの窓から声をかけられた。彼女が世話焼きなのは今に始まったことではないけれど、最近はとくに拍車がかかっている気がする。なんだか、どうもやりづらい。

「暇人かよ」

「ちょっと、聞こえてますけど?」

「本当のことだろ」

「暇なのは颯大のほうでしょ。私は今日も明日菜と課題をやって、その後は瑞己んちに行くんだから」

その言葉に、ぴくりと反応した。瑞己んちは俺たちの家から少しだけ離れた場所にある。俺もあいつんちには遊びにいったことがあるけれど、家で遊ぶ時には大体瑞己がこっちに来ることが多かった。

「……あいつの家に行くなんて珍しいな」

「最初はうちにおいでよって言ったんだよ。でもお邪魔するのは悪いからって」

「へえ」

「それにね、桃果《ももか》ちゃんも会いたがってるって言うから、私が行くことにしたんだ!」

桃果は瑞己の妹で、俺らと四歳離れているから今は中学一年生だ。瑞己がこの街に転校してきた時はまだ小さくて、いつも親に抱っこされていた。

「じゃあ、二人によろしく」

俺はそれだけを言って、そそくさと家の中に入った。瑞己が里帆の家に来ないのは、幼なじみではなく好きな人の家だからだ。里帆の様子を見る限り、告白された気配はない。瑞己にとっては一大決心だろうから、タイミングを窺《うかが》っている可能性もある。……今日かもしれない。そうだとしても、俺には関係ないけど。

自分の部屋がある二階に上がって、そのままベッドに寝転ぶ。夏休みも残り二週間。憂鬱《ゆううつ》だった補習期間も無事に終わり、課題をやっていないことを無視すれば遊び放題だけど、とくに予定は入っていない。里帆に言われたとおり、暇なのは俺のほうだ。

「……どうせ一緒に甲子園でも観るんだろうな」

俺は観ない。正確には観れないといったほうがいい。野球関連のもので埋まっていた部屋を綺麗《きれい》にしてから、棚の中は空っぽのまま。飾っていたプロ野球選手のユニフォームがあった場所も、二年間ハンガーだけがぶら下がっている。新しいことを見つけて、新しいものにハマって、高校野球だって純粋にファンとして楽しめる自分になれていたらよかった。そうなっている予定だった。

ブーブーブー。ポケットの中で震えているスマホを確認する。画面には【平子】と表示されていた。俺、平子と連絡先交換したっけ。……したわ。

『出るの遅いんだよ……！』

鳴り続けている電話に出ると、開口一番に怒られた。平子はなぜか切羽《せっぱ》詰まった様子だ。

「どうしたんだよ？」

『葉山くんに一生のお願いがあります！』

「気持ちわりーな。なに？」

『俺に野球を教えてほしい』

「はあ？」

思わず強めに言い返してしまった。詳しい話を聞くと、前にフラれたという後輩の女子が絡んでいるらしい。どうやらその子には現在いい感じの男がいるそうで、どういうわけかそいつから野球勝負を申し込まれ、後輩の子も勝ったほうと付き合ってあげると言っているようだ。

「説明されても、状況がよくわかんねーんだけど？」

とりあえず指定された駅に向かうと、やっぱり平子は余裕がない顔をしていた。

「だから、野球勝負をしなくちゃいけないことになったんだよ」

「いや、それがわかんないんだって」

「簡潔に言うと、後輩の絵梨花《えりか》ちゃんとデートしてたんだよ。そしたらばったりその男と会っちゃって、正々堂々と勝負しようってなったわけ」

「なんでフラれてんのにデートしてんの？」

「ダメ元で誘ったらオッケーもらえたんだよ」

やっぱり理解はできないけれど、要するに絵梨花っていう女子が平子ともう一人の男をうまく天秤《てんびん》にかけているんだろう。まあ、平子も色んな子を誘っているんだろうし、似た者同士といえばそうだけど……。

「で、なんで野球勝負？」

「そいつが仲間内で草野球やってるらしいんだよ。それで、ちょうど試合があるから俺が相手チームのほうに入ってやることになったんだ」

「ポジションどこ？」

「ピッチャー」

「え、ボール投げたことあんの？」

「ない！　ないから困ってるんだって！　でもピッチャーの経験があるって言っちゃったんだよ！」

「なんでそんなこと言うんだよ？」

「だってピッチャーは野球の花形的存在だろ。バスケで言ったら一番カッコいいシューティングガードじゃん。だからつい……」

俺は腰に手を当てて、ため息をつく。平子は俺が投手だったことを知っている。自分で言ったことはないけれど、風の噂《うわさ》で聞いたそうだ。キャッチボールと違ってピッチャーは速くボールを投げなければならない。もちろん大事なことは他にも山ほどあるが、まずは投球できなければどうしようもない。

「試合っていつ？」

「今日の午後」

「午後!?　なんでそんなに急なんだよ？」

「俺だって知らねーよ！　でもすぐ練習できるようにボールだけは友達から借りてきた！」

「グローブは？」

「あ……」

この際ドタキャンする案も出したけれど、平子はなにがなんでも勝負したいらしい。後輩の子が勝ったほうと付き合うと言っているからか、あるいは男から煽《あお》られるようなことを言われたのかもしれない。

「頼む。葉山しか頼める人がいないんだよ！」

平子に頭を下げられて、もう一度ため息をついた。

「色々、高くつくからな」

平子を連れて向かったのは、河川敷の高架下だった。人の出入りがないからか夏草が生い茂っているが、里帆たちと一緒に来ていた頃となにも変わっていない。それどころか、里帆が壁に描いたストライクゾーンがまだうっすらと残っていた。もう二度と訪れることはないと思っていた場所に、こんな形で来ることになるとは想像もしていなかった。

「とりあえず、ここを狙って投げてみて」

俺は転がっていた石を拾って、壁に新しい円を描いた。あえて里帆のストライクゾーンを避けたのは、なんとなくその場所を自分以外に使わせたくなかったからだ。

「その丸のどこを狙えばいい？」

「コントロールは投げ方を覚えてからだ。今はグローブがないから、壁をキャッチャーだと思って投げてみろってこと」

「よし、わかった！」

平子がボールを構えた。ピッチャーからキャッチャーまでの距離はおよそ十八メートル。小学生などは体格を配慮して距離が短くなっていたりするけれど、中学生以上はプロ野球も含め十八メートルに統一されている。

平子が投げたボールは意外にも円に当たった。もっとひどいと思っていたが、初めてにしては悪くない。とはいえ、コントロールがあっても速さがなければピッチャーとして成立しない。

「こ、これけっこうイケるんじゃね!?　はは、俺ってばマジで天才！」

「なんも天才じゃねーよ。投球フォームがめちゃくちゃだ。まず下がってる肘《ひじ》を上げる、体の開きも早いから気をつける。体重移動、回転動作、リリースのタイミングを……」

「待て待て。野球用語が多すぎてわかんねえ！」

「要するに力みすぎるなってことだよ。ボールは力いっぱい投げるんじゃなくて、力を抜いて投げるのが基本なんだ」

「ち、力を抜く？　こんな感じか？」

「肘を下げるなっての」

俺は平子の体に触った。そういえば瑞己の時もこうやって手取り足取り教えてあげた。今では信じられないかもしれないけれど、最初の頃のあいつは本当にどんくさくて、スイングに失敗して川にバットを落としたこともあった。懐かしいことを思い出しつつ練習をしていると、試合時間が迫っていた。

「ユニフォームとかはどうすんの？」

「それは向こうが貸してくれるって」

「じゃあ、着替える時間もあるし、そろそろ行くか」

「なんかすげえ緊張してきた……」

「さすがに最初から最後まで平子が投げることはねーよ。勝負の約束をしてる相手の出番が来たら平子も交代して入るって流れだろ」

「た、多分な……」

いつもうるさいくらい陽気な平子が、ガチガチに硬くなっている。そんなに緊張するならやらなければいいのに、平子にとってこの勝負は絶対に勝たなければいけないんだろう。その気持ちは俺にも覚えがある。


荒川の野球場に移動すると、応援に来た人たちがスタンド席の代わりに土手に座っていた。俺も平子がいるチームの近くに腰を下ろすと、すぐ傍に一際大きな声を出している女子がいた。

「岡本《おかもと》くん、頑張ってー！」

おぼろげながら、校内で見たことがある顔だ。多分、平子が話していた後輩の絵梨花で間違いない。それで岡本と呼ばれている男が、この勝負を仕掛けてきたやつだろう。平子もベンチにいるというのに絵梨花は声もかけず、岡本という男もこれ見よがしにスイングをしている。なんだか鼻につくやつだけど、背中には瑞己と同じ一八番を背負っていた。さっき平子はピッチャーが花形と言っていたが、俺からすれば瑞己が任されている四番打者こそ野球の花形だと思っている。なんせ四番は、一、二、三番が出塁していた場合、ホームランを打てば一気に点が入るポジションだからだ。

試合が開始され、予想どおり平子はベンチスタートだった。仲間内でやっている草野球だけあって、終始和《なご》やかな雰囲気で試合は進んでいる。両チーム得点がないまま迎えた四回。ピッチャー交代の合図があり、平子の出番がやってきた。マウンドの場所を間違えて周りに注意されるほど、平子はどう見ても初心者丸出しだ。

「平子先輩、ださーい」

絵梨花とその友達も失笑している中、岡本がこそこそと仲間に耳打ちをしている。悪い予感は的中して、なんと岡本たちはわざと平子に三振を取らせ始めた。

「わーこんなボール、速くて打てないよぅ～」

バッターは棒読みの演技をしていて、それに気づいていない平子は自分の実力で三振が取れたと勘違いしていた。

「俺、すげえ……!!」

舞い上がっている平子を見て、周りはさらにバカにしている。こんな試合、始めから勝ち負けなんて関係ない遊びの野球なんだろう。

「颯大、なにしてんの？」

名前を呼ばれて振り向くと、そこには里帆と瑞己がいた。瑞己の性格を考えれば、里帆の家まで迎えに行くだろうと思っていたけれど、こんなところで会うとは…。このまま通りすぎてくれていいのに、瑞己の視線が草野球に向いた。

「マウンドに立ってるのって平子か？」

「ああ。今日初めて野球をやってるピッチャーだよ」

「初めて？　でもちゃんと抑えてるな」

「そう見える？」

勝負事において、温度差は付きものだ。俺も勝ちにこだわるタイプだったから、周りがついてこれないことが多々あった。だけど、俺はいつでも真剣だったし、平子も遊び気分で試合に挑んだわけではない。スポーツマンシップを偉そうに語るつもりはないけれど、これはかなり胸くそ悪い。

「あれ、あの子ってうちの学校の一年生だよね？」

里帆が気づいたのは、相変わらず岡本だけを応援している絵梨花のことだ。

「彼氏くんも試合に出てるんだね」

「彼氏？」

「うん。あの一八番の人。カップル動画をSNSに載せてて明日菜から見せてもらったことがあるから間違いないよ」

……なるほどね。つまりあの二人はすでに付き合っていて、平子は絵梨花に遊ばれていただけ。そのデート現場に彼氏が鉢合《はちあ》わせしたのだって今となっては偶然かどうかもわからないし、最初から平子をおちょくる目的だった可能性もあるってわけだ。

「出るみたいだぞ、一八番」

瑞己の言葉どおり、岡本がバッターボックスに立った。背番号というのはポジション別にされているのが一般的だけど、監督の意向によっては自分の好きな番号を選べる時もある。瑞己が一八番なのは好きな野球選手の背番号だからであり、岡本というやつも同じ理由なら四番打者としてのプライドがあるはず。今まで遊んでいてもバットを握れば真剣に勝負してくれると思っていたけれど……。

「……平子くん、危ないっ!!」

——ゴンッ！

里帆が叫んだタイミングで、野球場に鈍《にぶ》い音が鳴り響いた。

「あー悪い悪い。腕のいいピッチャーだから、ちゃんと捕ってくれると思ったわ」

「……うっ」

岡本が笑みを浮かべている先で、平子が肩を押さえている。平子は俺が教えたとおり、肘を下げてストレートの球を投げた。それをあいつはわざと平子に向けて打ち返した。俗に言うピッチャー返しだ。バッターとの距離が近いぶん、球は勢いを落とさずにピッチャーに当たる。過去にはそれで死亡事故が起きているほどだ。フェアプレーかは別にして、ピッチャー返しは違反ではない。悪意なく打球が当たってしまうこともある。だけど、あいつは今……わざと平子のことを狙いやがった。

「ただの草野球ではしゃいでてキモいんだよ。絵梨花に付き纏ってるストーカー野郎は、さっさとベンチに引っ込みな」

――『お遊びの野球で、はしゃいでんじゃねーよ』

河川敷の高架下で練習していた時、そう言って大人に野次を飛ばされたことがあった。俺は相手が酔っぱらいだったこともあり、普通に無視するつもりだったけれど里帆は違った。

『颯大と瑞己の野球は遊びじゃない！』

食ってかかろうとする彼女を、二人で止めた。酔っぱらいが去ってからも怒りがおさまらない里帆に対して、俺はなぜか笑った。ムキになっている彼女が可笑《おか》しかったからじゃない。自分たちの野球は本気なんだって言ってもらえて嬉しかったからだ。

「……野球はいつだって真剣にやるもんだよな」

誰にも聞こえないように独り言を呟いた後、ゆっくりと腰を上げた。

「颯大……？」

後ろで里帆の声が聞こえたが、俺は振り返らずに土手の傾斜を下りていく。そのままグラウンドに足を踏み入れ、マウンドにいる平子の体に触った。

「大丈夫か？」

「だ、大丈夫だけど、肩が痛てえ……」

「骨は折れてなさそうだから、打撲《だぼく》か脱臼《だっきゅう》だろうな。あそこに里帆がいるから診《み》てもらえ。あいつ中学時代にマネやってたから多少の知識はある」

「げ、瀬戸もいる」

「デッドボールの怪我に関しては瑞己のほうが詳しいから」

「で、でも試合が……」

「あとはなんとかしとくから行け」

平子からグローブとボールを受け取って、ベンチまで下げさせた。勝手にマウンドから降ろさせたことが気に食わないのか、岡本は露骨にため息をついた。

「お前、誰だよ。勝手なことはしないでくんない？」

「勝手なことをしたお詫《わ》びに、俺があいつの代わりをするよ」

「また素人が相手かよ、ダルっ」

「ダルいのはお互い様だろ」

グローブをはめてボールを握ると、懐かしい感触がした。二度と野球はやらないつもりだったのに、まさかこんな形でマウンドに立つことになるとは思ってもみなかった。面倒くさそうにバットを構えている相手に向かって、ボールを投げる。二年間のブランクのせいで驚くほどにスピードは落ちていたけれど、ボールは綺麗にキャッチャーミットのど真ん中に入った。

「……は？」

岡本の表情とともに、周りもざわついている。俺は感覚を思い出すように、次は速球ストレートを投げた。

「……なんだよ、その球。ズリーだろ！」

「お前ほどじゃねーよ」

肩慣らしをするように今度は低めのカーブ、それから横方向に曲がるスライダーを投球した。ボールが落ちるフォークだけは失敗したけれど、この空気、この匂い、この光景。あれほど野球を遠ざけていたのに、なぜか心が躍《おど》っている自分がいた——。


九月になって、二学期が始まった。窓の外では蝉がうるさく鳴いていて、夏の延長戦が続いている。体力を消耗しないようにできるだけ省エネでいたいのに、今日も俺の近くに暑苦しい平子がやってきた。

「おはよう、親友！」

「誰が親友だ」

平子の代わりに出た草野球の試合は、結局七回まで登板して〇対〇の引き分けで終わった。デッドボールを受けた平子の打撲も二週間が経過した今ではすっかり完治して、このとおり元気があり余っているくらいだ。ちなみに付き合えるかもしれないと期待していた絵梨花とは、もう連絡を取るのをやめたらしい。里帆いわく、向こうも夏休み中にあのクズ野郎と別れたみたいだけど、俺にとってはどうでもいい話だ。

「これからはマジでちゃんとした人を好きになろうと思う」

「少しは自重《じちょう》しろよ。大体、最初から相手の本性を見抜いていたら、あんな試合はしなくて済んだんだからな」

「それは本当にすまん。だからこそ次は本気の恋愛をするって決めたから！」

「はいはい、そーですか」

「そこで真剣に考えた結果、やっぱり里帆ちゃんがいいってことに気づいた」

「は？」

「だって怪我の時もすげえ優しくしてくれたし、今でも校舎で会うたびに心配してくれるんだ！」

平子の恋愛遍歴《へんれき》がどれほどのものかは知らないが、少なくとも里帆は二股をかけようとしたり、騙《だま》したりするやつではないことは確かだ。

「あいつはダメだよ」

「え、ダメって……」

「里帆にはお似合いの相手がいるだろ」

新学期を迎えても、瑞己と里帆は付き合っていない。俺に宣戦布告まがいのことをしてきたくせに、あいつは以前にも増して野球の練習に没頭している。里帆に告白はしないのか。あれは俺を挑発するためだけに言ったのか。瑞己にわざわざ聞くのも野暮《やぼ》な気がするし、やっぱり色恋話を幼なじみでするのは、どうもむず痒い。

「俺は別に里帆ちゃんと瀬戸がお似合いとは思わないけどな」

「お似合いだろ、どう見ても」

「実際二人がくっついたりしたら、葉山だってショックだろ？」

「他の人とくっつくよりはいいよ」

「瀬戸が？　それとも里帆ちゃん？」

「どっちも」

里帆とは生まれた時からの付き合いだし、瑞己とも気づけばもう九年だ。そこら辺のやつと付き合うのなら、二人でくっつくのが一番いいに決まっている。


昼休み。いつものように購買部でパンを買い、混雑している通路を避けるために裏庭を通っていたら、ビュッビュッという風を切るような音がした。

「おいおい、練習バカも大概《たいがい》にしろよ」

俺は素振りをしている瑞己に呆れた声を飛ばした。

「あれ、なんで颯大がこんなところに……」

「それはこっちの台詞《せりふ》だよ。昼飯はどうした」

「もう食べたよ」

「食ったなら昼寝でもしてりゃいーだろ」

瑞己はバットを握ると、集中しすぎて時間を忘れるところがある。ひどい時には三時間ぶっ続けで素振りをしていたこともあるほどだ。

「俺にバットを振らせてるのは颯大だろ」

「なにが?」

「この前の試合。やっぱり颯大はすごいと思ったし、怖いとも思った」

怖いのはこんなに重たい音を響かせるお前のほうだと言いたくなった。瑞己は俺のことを少しばかり過信しすぎている部分がある。たしかに小学生の頃、瑞己に野球を教えたのは俺だし、まるで監督みたいにアドバイスもしたけれど、上手さとは比例しない。独りよがりに野球をやっていた俺なんかより、ずっとずっと瑞己のほうがすごいのだ。

「ピッチャーをやっている颯大は楽しそうだったよ」

「バカ言うな。俺がどれだけ筋肉痛で苦しんだか知らねーだろ」

3イニングしか投げてないというのに、次の日は腕が上がらなかった。気休めに氷で冷やしてみたりもしたが、一週間はダメだった。

「颯大は野球を忘れられないよ」

「勝手に決めつけるな」

「忘れられるはずがない。飛び入り参加してまでもマウンドに立った颯大は、昔のままなにも変わってないよ」

また耳に素振りの音が届く。バットを振らせているのが俺なら、ボールを握ることを躊躇《ためら》わせているのは瑞己だ。

——十三歳。中学生になった俺は、迷わず野球部に入った。男子たちがこぞってサッカーやバスケに行ってくれたおかげで、新入部員は二十人もいなかった。少年野球経験者もいれば、中学を機に野球を始めるという生徒も大勢いた。助っ人としてたまに試合に出させてもらうんじゃなくて、これからは本格的に野球ができる。やる気と高揚感に満ちていたけれど、現実はかなり違った。部活では先輩が偉くて、一年生は主に球拾《たまひろ》い。ひどい時にはグラウンドの草むしりだけをさせられることもあった。

野球をやらせてもらえないことで同級生の部員が減っていく中、俺は反骨心を着実に育てていった。

『では、次の大会のスタメンを発表する』

監督から読み上げられる名前に、もちろん自分はいない。野球の先発メンバーは九人、ベンチ入りは十八人と決められている。スタメンはほとんど三年生で固定され、一年生は一人も選ばれない。それどころかベンチ入りさえ叶わず、試合は観客と一緒にスタンドで応援するしかなかった。

『マジでやってらんねーっ!!』

部活でボールに触れないぶん、俺は河川敷の高架下に通った。ストレスの捌《は》け口のように球を投げ続ける俺の相手をしてくれていたのは瑞己だ。

『ちょっ、こんなの打てないって！』

『大体スポーツっていうのは実力勝負だろ。へたくそな三年が優遇されてるのも気に入らねえ』

『だから加減しろってば！』

次々と投げるボールに、瑞己の腰が引けていた。瑞己が在籍している野球部は学年関係なく公平で、一年生でもスタメンに選ばれるそうだ。とはいえ、うちの学校よりも部員数が多いので、瑞己も俺と同じでスタンドで応援を任されている。

『あれ、また背伸びた？』

地面に転がっているボールを一緒に拾いに行くと、瑞己の目線の高さが変わっていた。

『うん。この前の身体測定では三センチも伸びてた』

『マジかよ』

瑞己は元々体の線が細かったけれど、野球部に入ってからよく飯を食べるようになった。そのおかげもあって今では体が一回りでかくなり、身長でも並ばれた。瑞己はスキルアップするための努力を惜しまない。こんなにストイックだったなんて、思わなかった。

『里帆は元気にしてる？』

『ああ、元気元気。吹奏楽部で横笛みたいの吹いてる』

『フルートだろ。やっぱり俺も二人と同じ学校がよかったな……』

『俺じゃなくて里帆と同じ学校がよかった、だろ』

『なっ……』

『お前の気持ちなんて、とっくの昔から知ってるっつーの』

学校が別々になっても、俺たちが幼なじみであることは変わらない。けれど、やっぱり前のように毎日は会えなくなった。

『里帆のやつ、やっと典子おばさんにスマホを買ってもらえたらしいから、連絡先教えとくよ』

『え、でも勝手に……』

『アホ。瑞己にも教えといてって頼まれたんだよ』

里帆のＩＤを伝えると、瑞己はまるで宝物を手に入れたように喜んでいた。


野球ができない日々に転機が訪れたのは、二年生になった時だ。今までの監督が他の学校へ転任になり、新しい指導者に変わったことでスタメン入りは年功序列から実力至上主義になったのだ。そのおかげで俺はピッチャーに選ばれて、練習でも思う存分ボールを投げられるようになった。

『おい、ちゃんと捕れよ！』

『ご、ごめん、葉山』

キャッチャーになった同級生の中津《なかつ》は、小学生の時から野球をやっているやつだったが、俺の投球が捕れず打者に振り逃げを許してしまうことが多々あった。

『練習だからいいものの、公式戦だったらお前のせいで失点――』

『こらっ』

俺の頭をスコアブックで叩いたのは里帆だ。吹奏楽部に入っていた彼女は、今年から野球部のマネージャーになった。吹奏楽部にもパート争いというものがあるらしく、里帆はソロパートを任されたことで上級生から妬《ねた》まれ、嫌がらせのようなことをされていたと言う。結局、吹奏楽部はそのまま辞めることになり、次の部活動として選んだのが、野球部のマネージャーだった。すでにマネは三人いるけれど、里帆のことも快く受け入れてくれて、楽しそうに部活をやっている。

『そうやってすぐ頭を叩くなよ』

『颯大の言い方がきついからでしょ！』

里帆が俺に注意すると、なぜか周りが和む。マネージャーとの恋愛は禁止という暗黙のルールがあったけれど、彼女に恋をしていた部員は大勢いた。里帆がいると部活の雰囲気がよくなり、みんなの士気も上がる。彼女は俺にとっても野球部にとっても必要不可欠な存在だった。

投手としてマウンドに立たせてもらえるようになってから、俺はつねに絶好調だった。そしてストレートで148キロを投げられるようになると、監督から一目置かれる存在になった。同じ部活にはピッチャーが何人かいて、速球のコツを聞かれることもあったが、自分の感覚としてはいつの間にかできるようになったという感じだった。

習慣づけていることといえば三キロのランニングだけで、食事を変えたり、筋トレをしなくても自然と体は大きくなっていく。恵まれた体格と故障知らずの強い肩も相まって、俺は背番号一を掲げる〝不動のエース〟なんて呼ばれるようになっていた。

『みんな、惜しかったね……。ひとまずお疲れ様』

全国をかけた予選大会。勝てる自信があったのに、俺たちのチームは初戦で負けた。反省会と称したミーティングが開かれていて、里帆を含むマネージャーが選手たちに労《ねぎら》いの言葉をかけているけれど、俺は沸々と込み上げる怒りを抑えられないでいた。

試合中、また中津は何度も球を捕り損ねた。エラーを繰り返して進塁されたことが失点に繋がり、攻撃に回った後も三振続きで得点を取り返せなかった。

『俺のせいでごめん……』

『ごめんじゃねーよ。あれほど公式戦ではミスするなって言っただろ！』

気づくと、中津に詰め寄っていた。相手は弱小チームで勝てた試合だった。一人がミスをすると、それはチームの勝敗に影響する。ましてや全国大会に出場できるかもしれない試合だったのに、謝って許されることじゃないと思った。

『そ、颯大……』

『お前は黙ってろ』

俺は止めに入ろうとした里帆を、言葉で跳ね除けた。失点は中津だけのせいではない。頭ではわかろうとしていても初戦敗退の悔しさで、中津を激しく責め立てた。

中津が野球部を去っていったのは、それから間もなくのことだ。野球は勝たなければ意味がない。勝つことへの執着をやめたら、それこそ選手として失格だと思った。監督から練習指導も一任されていたこともあり、俺はひたすら部員たちを強くしようとした。それが実を結ぶ時もあれば、俺だけが必死になって勝った試合もあった。そんな俺に対して里帆はなにかを言いたげにしていたが、それさえも見て見ないふりをしていた。

――葉山ありきのワンマンチーム。影でそう言っている人もいたけれど、とくに気にしなかったし、興味もなかった。

『なあ、颯大！　俺もスタメンに選ばれた！』

すでにナインで浮いていた俺にとって、友達と呼べるのは瑞己だけ。最近は野球を教えることはなくなったが、代わりにお互いの近況報告はするようにしていた。

『公式戦に出られるなんて夢みたいだ……』

『大袈裟《おおげさ》だな』

『選ばれなかった人たちのぶんまで頑張らないと！』

『実力で勝ち取ったんだから、そんなの気にしなくていいだろ』

『スタメン入りを目指して切磋琢磨《せっさたくま》してきた仲間たちだから、みんなのぶんも背負ってチームで勝ちたいんだよ』

その時、河川敷の土手で瑞己を呼ぶ声がした。それが野球部のチームメイトだとわかると、瑞己は嬉しそうに走っていった。同級生なのか、それとも先輩なのかはわからないけれど、肩を組まれたりして楽しそうに話している。

出会った頃はあんなに引っ込み思案で、友達も俺らしかいなかったのに、瑞己には新しい居場所ができていた。

もしも、瑞己が同じ中学で同じ野球部だったら、どうなっていたんだろう。あんなふうにみんなで仲良くして、和気あいあいとしながら練習したりしていたんだろうか。自分ができないことを、瑞己がやっている。なぜか腹の底から悔しさが込み上げてきた。瑞己に対して悔しいと思うことなんて一度もなかったのに、強烈に羨《うらや》ましいと思った。

『話し込んじゃってごめん』

暫くして戻ってきた瑞己の顔を見ることができなかった。チームメイトとの関係を誇示《こじ》されたような気分にもなり、ついこんなことを口走っていた。

『馴れ合いなんてしてると、すぐスタメンを奪われるからな』

『そしたらまた応援する側に回るよ。スタメンを外されても一緒に戦うことに変わりはないし』

『そんなの綺麗事だろ。応援してても内心は失敗して、その枠を自分に譲《ゆず》れってみんな思ってるよ』

『そんなことない。たしかに選ばれたい気持ちはあるけど、チームメイトはみんな仲間だ』

『はっ、あとで足元をすくわれても知らねーぞ』

『颯大は仲間じゃないの？』

『なにが？』

『同じチームメイトのこと、一緒に戦う仲間だって思ってないの？』

図星を指された気がして、顔が熱くなった。同時にまた悔しくもなり『うるせーよ』と一喝して帰った。俺は今まで誰からも指図されず、誰にもアドバイスをもらわずに、ここまでやってきた。誰かに頼らなくても強くなれる。誰にも負けたくないという気持ちさえあればいい。間違っているのは俺じゃない。周りが俺に追いついてこれないだけなんだ。


自分のやり方を変えずに迎えた中学三年生。新入部員がたくさん入ったことで野球部は今までにないほど活気づいていた。

『……もっと集中しろよっ!!』

今年こそ、全国大会に行く。今年行かなければ、二度と行けないという気持ちから、語気を強めることも増えていた。

『俺たち、葉山のために野球やってるんじゃないんだよ』

『は?』

『一人で野球やってるって、そろそろ気づけよ』

いつの間にか、チームメイトとは大きな溝ができていた。気づけば、俺抜きでミーティングをしたり、作戦会議をしたりするようになった。それでも、俺より速い球を投げられるピッチャーがいなくて、チームから浮いているとわかっていてもマウンドに立ち続けた。

『念願の全国大会、出場おめでとう!』

そんな中で、唯一の救いは里帆が変わらず隣にいてくれることだった。予選を突破することができたうちの野球部は、これから全国に進む。関東ブロックでは三チームの出場が決まっていて、そのうち一校は瑞己の中学だ。

『瑞己も頑張ってるよ。今では四番打者を任されてるんだもん。本当にすごいよ』

前までの里帆と瑞己は俺を仲介役にしている部分があったが、最近では二人でも会っているらしい。瑞己が努力しているのは、わかっている。もしかしたら、里帆に喜んでほしいという気持ちがあいつを強くさせているのかもしれない。

『俺、絶対に優勝する。優勝ボールも里帆にプレゼントするから』

『本当に？』

『うん、だから――』

瑞己の応援はしないでくれと言いそうになった。大切な幼なじみで友達なのに、こんなことを言おうとするなんて最低だと思う。だけど、里帆を取られたくない。今までは自分の気持ちを出さないようにしてきたけれど、本当は俺だって里帆のことを想っている。瑞己には負けない。必ず優勝ボールを渡して、自分の気持ちを伝えるんだって強く誓った。


迎えた全国大会。チームメイトとは相変わらず険悪だったが、俺たちは順調に勝ち進んだ。野球は一人ではできない。それは自分でもわかっている。だけど、同じチームでも実力の差は確実にある。それをカバーして勝利へと導くことができるのは、エースの俺しかいない。周りからどんなことを言われようと、勝てばいい話だ。

そして俺は全身全霊でバッターを抑えた。まさに一球一魂《いっこん》。見事に決勝戦まで進むことができて、最後の相手は瑞己がいる中学だった。関東ブロック同士の優勝争いは数年ぶりらしく、球場に鳴り響く声援も熱を増している。

一点リードの九回裏。なんの因果《いんが》かバッターボックスに入ったのは瑞己だった。直感で〝もらった〟と思った。瑞己のバッティング練習の時、俺はいつも内角高めに投げてやっていた。一番打球が飛びやすいこと、そして瑞己が得意とするコースだと知っていたからだ。だからこそ、こいつが苦手なコースもわかっている。それは腕を畳《たた》んで打つことができない外角低めだ。瑞己は絶対にバットすら振れないに決まっている。勝てることを心で確信した後、外角低めの球を思いきり投げた。

——カキーンッ!!

球場に打球音が轟《とどろ》く。一瞬なにが起きたのかわからなかった。呆然《ぼうぜん》と上を見ると、さっきまで握っていたボールがずいぶん高い場所にある。地鳴りのような歓声とともに、特大ホームランはスタンドに吸い込まれていった。

ゲームセットと同時に、ベンチにいた仲間たちが瑞己の元になだれ込んできた。もみくちゃにされ、チームメイトと嬉しそうに涙を流している瑞己の姿を見て、悔しいというより納得している自分がいた。

瑞己が俺の球を打てるはずがない。ましてやホームランなんて打てる力はないと下に見ていた。なにも知らないあいつに野球を教えて、指導者気取りで優越感に浸ったことが一度もないかと聞かれたら嘘になる。

俺は負けるたびに何度もチームメイトを責めたのに、誰一人として優勝できなかったことを責めてくる人はいなかった。それが余計にいたたまれなくて、里帆からの労いの言葉さえ耳に入ってこなかった。

俺は大した努力もしないで、エースと呼ばれた。だから、チームメイトのことを仲間とは思っていなかったし、俺の足を引っ張るなと苛立ったことは数えきれない。傲《ごう》慢《まん》で、独りよがりで、周りを信じることができなかった愚《おろ》かな自分にようやく気づいた。張りぼてのメッキが一気に剥がれ、恥ずかしくて、情けなくて、瑞己を通して自分の欠点をまざまざと見せつけられた気がする。俺はきっともう、この先には行けない。瑞己にも一生勝てないと思った。

『もう飽きたから、野球辞めるわ』

二人にそう告げたのは、試合の翌日だったと思う。正直あまり覚えていないけれど、自分があげられなかった優勝ボールを瑞己が里帆にプレゼントしたのを知って、全部から逃げたくなったことだけは記憶している。

野球からも、幼なじみからも、自分からも、逃げた選択が正しかったかどうかはわからない。だけど、もしもあのまま無理やり野球を続けていたら……里帆や瑞己に嫉妬して、自分のことが心底嫌いになっていただろう。それこそ、俺は誰にも優しくできない人間になっていたと思う。

4 ／ 戻ってこいよ

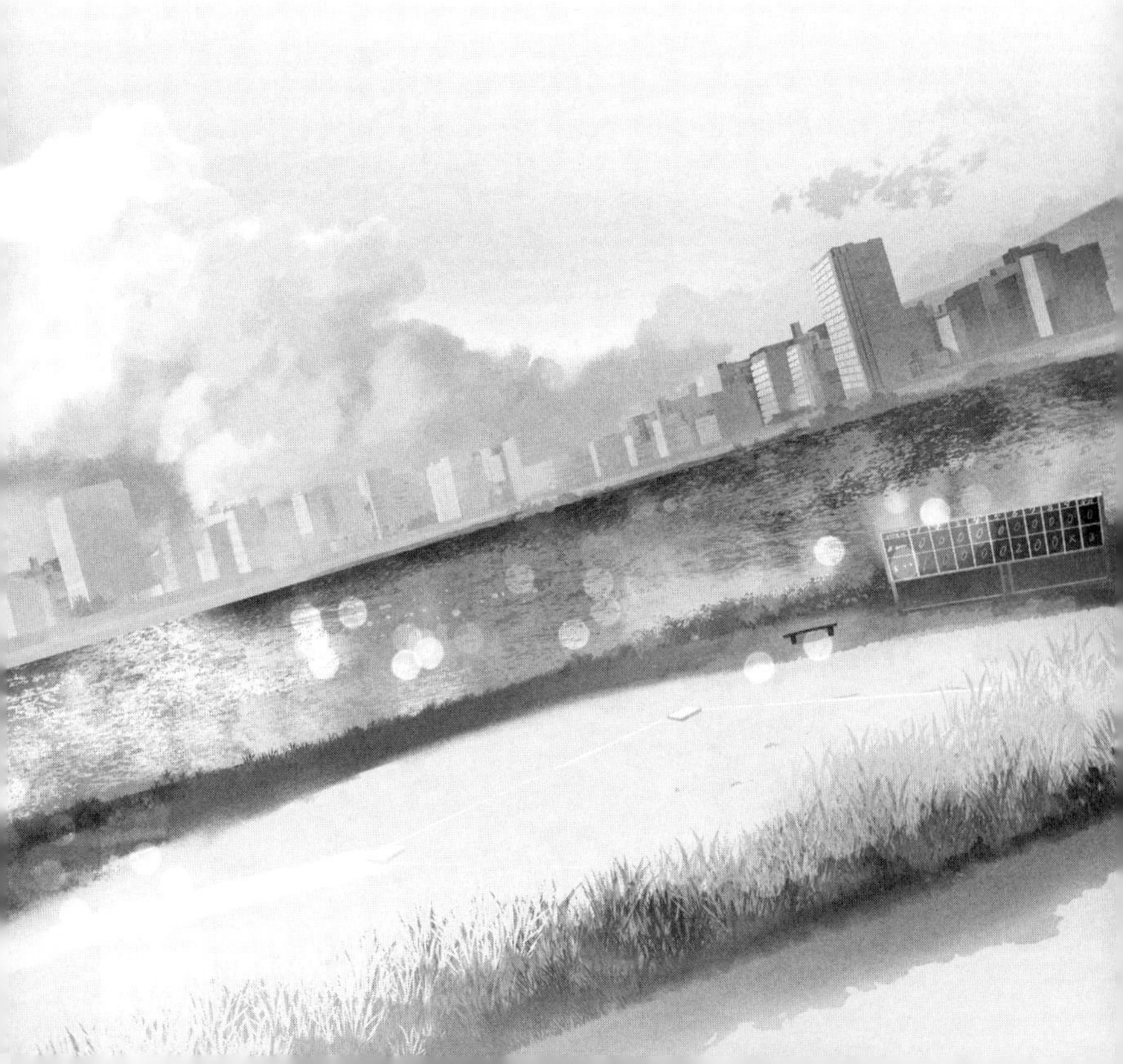

いつの間にか暑い夏が終わっていた。うちの学校はテスト前になると、一週間ほど勉強期間に入る。要するにテスト勉強をしなさいということであり、期間中は全部活動を禁止しているほど徹底していた。

「ねえ、颯大。お祭りに行こうよ！」

教室を出てトイレに向かう廊下。俺の後をしつこくついてきているのは里帆だ。数日前から彼女はずっとこの調子で、学校にいる時も、ランニングの時も、スマホのメッセージでも、祭りに行こうと誘ってくる。

「行かないって言ってるだろ？」

「なんでよ。他の人と行く予定でもあるの？」

「祭り自体に行く気がないんだよ」

「どうせなにもすることないでしょ？」

「あるわ。次こそ赤点取らないように勉強するんだよ」

「勉強してもしなくても、颯大は赤点だから大丈夫だよ！」

「おい」

地元の祭りは駅前通りを歩行者天国にして、今日の十七時から開かれる。元々ここら辺は果樹農家を生業《なりわい》にしている人が多くいたそうで、収穫の感謝と豊作の祈願をするために毎年秋祭りが開催されているのだ。規模は小さくても屋台は出るし、祭りの終盤には何発かの花火も打ち上げられる。子供の頃はうちと里帆んちの家族で行くのが毎年の恒例だったし、中学の時は瑞己と三人で行ったこともあった。

「なんで俺なんだよ?」

去年、里帆は明日菜っていう友達と行っていた気がするけれど、一昨年は俺とギクシャクしていたこともあり、瑞己と二人で祭り会場にいたと風の噂で聞いた。

「今年は颯大と行きたいの」

里帆がぎゅっと、俺の制服の袖《そで》を握った。こんなふうにお願いされたら大抵の男は首を縦に振るだろう。二年前の俺だったら、あっさり受け入れていた。あの頃、里帆に対して抱いていた感情が恋だったのかはわからない。ずっと一緒にいすぎて勝手な独占欲が出ていただけかもしれないし、瑞己に対しての対抗心だったのかもしれないし、今でもはっきりとした答えはない。だけど俺は野球から離れたタイミングで、里帆とも距離を置いた。いずれ瑞己と付き合うようになったとしても平気でいられるように。

選択授業はクラス関係なく同じ科目を選択した人と一緒に学んで、席も自由でいいことになっている。教卓から遠い一番後ろの席を確保すると、すかさず隣に誰かが座ってきた。

「……そうだ、お前と一緒だったわ」

俺は瑞己の顔を見るなり、ため息をついた。

「そんなに嫌そうな顔をしなくてもいいだろ?」

「ここじゃなくて、前の席に座れよ」

「俺が前に座ったら、他の人が黒板見えないよ」

「あー……」

それもそうだと、すぐに納得してしまった。あの夏から俺は瑞己に対して一方的にコンプレックスを感じている。自分だけだったら気づかないことも、瑞己というフィルターを通して見るとダメなところが浮かび上がってくるのだ。

「そもそもスペックが高すぎるんだよな……」

「スペック? なんの話?」

「授業の話だよ」

前に平子が負け犬の遠吠えのように、世の中不公平だと言っていたが、瑞己が成績優秀なのも、タッパがあっていい体をしているのも、四番打者として活躍しているのも、生まれ持った才能なんかじゃない。瑞己はそれらを努力して手に入れてきた。もう負けているのに、勝てるはずがないと何度も何度も思う。

「颯大は今日の祭りに行く?」

「その質問、流行っててんのかよ。行かないっつーの。お前は？」

「俺は行くような、行かないような……」

「なんだ、それ」

瑞己の曖昧《あいまい》な言い方が気になったが、深く追及しなかった。瑞己のことだから里帆のことを誘っていそうな気がするけれど、どうなんだろう。でもあいつは俺のことを誘ってきたし……って、別に行かないから関係ないけど。


放課後。俺は里帆に捕まらないように、さっさと家まで帰った。制服を脱ぎ捨てた後、朝の状態のまま放置されている部屋着に腕を通す。ベッドにダイブしてスマホのパズルゲームを開いた。

秋祭りは見知った顔が多くいる。高校の同級生ならいいけれど、俺はなにより同中の人間と会うことを避けたかった。中三の夏以降、あのまま野球部を引退して、チームメイトとはそれっきり。卒アル制作も始まり、みんな一番後ろのページに寄せ書きをし合っていたが、俺は誰にも書かなかったし、誰にもメッセージを貰わなかった。今でも俺のことをよく思っていないやつは大勢いるだろう。だからこそ、この二年間地元のイベントには一切顔を出さないようにしてきた。

「颯大、いるの？」

ノックもしないで部屋のドアを開けたのは、よそ行きの服を着た母さんだ。おそらく母さんも職場の人か、あるいは典子おばさんと祭りに行くのかもしれない。

「男子高校生の部屋をいきなり開けんなよ」

「下から呼んでも返事しないからじゃないの」

「なんか用？」

「私、先に出るから戸締まりだけはちゃんとしてね。お父さんは町内会のテントにいるから、近くを通ったら顔だけ出してあげてね」

「なんで俺が祭りに行く前提なんだよ？」

「行くんでしょ、里帆ちゃんと」

「だーかーらっ」

「わざわざ迎えに来てくれたんだから、寝転んでないで早く支度しなさいよね」

「は、迎えってなに……」

「じゃーん！」

母さんと入れ替わるように入ってきた里帆を見て、思わず固まった。彼女は白地に朝顔の浴衣《ゆかた》を着て、髪は三つ編みでひとつにまとめていた。勝手に上がって来るなって文句を言いたいのに、うまく言葉が出てこない。

「あれ、どうしたの？　魂《たましい》抜けちゃってる？」

俺の顔の前で里帆が手を振っていた。浴衣姿があまりに似合いすぎて見惚《みと》れていたとは言えず、照れ隠しで視線を外した。

「ま、祭りは行かないって言っただろ」

「私は何度も行きたいって伝えたもん」

「知らねーよ、そんなこと。つーか瑞己を誘えばいいだろ」

あいつだったら喜んで行くだろうし、浴衣のこともちゃんと褒《ほ》めてくれるはずだ。

「……わかった。颯大が行かないなら、私も家にいる」

「は、なんでそうなるんだよ?」

「浴衣も今すぐ脱ぐから」

「せ、せっかく着たんだから、それは勿体《もったい》ないだろ」

「いいよ、別に」

里帆が帰ろうとすると、右耳の上に付いていた花の髪飾りが揺れた。後ろの帯も綺麗な蝶々《ちょうちょう》結びになっていて、さすがにこれを無駄にさせるのはダメだと思った。

「……はあ、行くよ。行けばいいんだろ、祭り」

「本当っ!?」

そう言いだすのを待っていたかのように、里帆の表情が明るくなった。

絶対に行かないと決めていた祭り会場は、予想どおり混んでいた。キャップを深く被り、知り合いがいてもなるべく顔バレしないようにしたかったのに、目立つやつが歩行者天国の入口に立っていた。ふいに目が合って、お互いにきょとんとする。そんな俺たちを無視するように、里帆が大きく手を振った。

「瑞己～！　遅くなってごめんね！」

下駄《げた》の音を響かせながら瑞己に近づいた里帆は、こっちの戸惑いなんて関係なしに平然としていた。

「な、なんで颯大が……」

「それはこっちの台詞だよ」

考えること数秒。したり顔をしている里帆を見て、最初から三人で祭りに行くことを仕組んでいたんだって気づいた。俺は完全に騙されたけれど、瑞己のほうも里帆から祭りに誘われ、そのことは俺に話さないように言われていたらしい。だからあの時、口を濁《にご》していたってわけか。

「俺がいてガッカリだろ？」

「びっくりしたけど、ガッカリはしないよ」

「嘘つけ」

「本当だって」

俺たちの会話を聞いて、里帆が嬉しそうにしている。そういえば、里帆の前で瑞己と話すのは久しぶりかもしれない。

「里帆、浴衣可愛いね」

「へへ、本当？　ありがとう！」

俺が言えないことを、やっぱり瑞己はさらりと言ってしまう。絵になる二人の邪魔をしないように、一歩だけ下がった。用意周到に根回しをしてまで、どうして三人で祭りに来たかったのかはわからない。なにか言い訳をして帰ろうかと思ったけれど、里帆が突拍子もないことを言いだした。

「ねえねえ、私、屋台のものを全部食べたい！」

「「ぜ、全部!?」」

思わず、瑞己と声が重なった。せっかく一歩下がっていたというのに、里帆は無理やり俺の手を引っ張り、瑞己の腕も同時に掴んだ。

「とにかく全部食べたいの。二人も手伝ってね」

あまりの強引さに瑞己と顔を見合わせて、呆れながらも笑ってしまった。定番のたこ焼きから始まり、焼きそば、お好み焼きと粉もの系を制覇。次はつまみ系のイカ焼き、焼き鳥、唐揚げ、焼きとうもろこしを三人で分け合い、スナック系のフランクフルト、チーズハットク、じゃがバターくらいで限界を迎えたが、甘いものならまだいけると里帆が言いだして、りんご飴《あめ》、チョコバナナ、クレープ、ベビーカステラを食べた。

「もうさすがに無理！」

俺はパンパンになった腹を擦《さす》った。瑞己もさすがにきつかったみたいだけど、里帆はその横でキラキラ光る入れ物に入ったジュースを飲んでいる。

「まだ今川焼きも、わたあめも、かき氷も食べてないよ？」

「お前はほとんど俺らに食わせて、自分は一口、二口だけじゃねーか」

「ちょっとずつ食べるのが屋台の醍醐味《だいごみ》でしょ？」

「あのな……」

「まあまあ。俺はもう少し時間が空けばまた食べられるから」

「甘やかすなよ、瑞己」

三人で集まるのは久しぶりなのに、俺たちの会話は昔のままだ。里帆が言うことを俺が否定すると、必ず瑞己がフォローして、また俺が突っ込む。そういうリズムが全く変わっていなくて、懐かしさも感じた。

「じゃあ、次はアレ。私、あの黄色いくまがほしいな」

里帆が指さしたのは射的コーナーだった。一番小さい的を倒すと、特賞のぬいぐるみが貰えるらしい。俺は瑞己と肩を並べて的を狙う。取れなかったらすぐ諦めるつもりだったのに、「どっちが先に倒すか勝負しよう」なんて瑞己が言うから火がついた。

「二人ともすごい！　ありがとう！」

ふわふわのぬいぐるみを抱えて、里帆が子供みたいに喜んでいる。結局、俺たちは財布の中身がすっからかんになるまでやる羽目になり、なんとか特賞を取った。

「俺のコルクのほうが先に当たったよね？」

「は？　どう見ても俺だっただろ」

「いや、颯大のは台に当たって跳ね返ってた」

「それはお前のコルクだろ。俺のおかげでくまが取れたんだよ」

「もう～、二人が取ったってことでいいじゃん！」

里帆の言葉に、そういうわけにもいかないと、さらにムキになる。だったら別の景品を賭けて勝負しようと熱くなっていたら、誰かが声をかけてきた。

「あ、里帆～!!」

「お、瀬戸じゃん！　久しぶり！」

熱くなりかけていた気持ちが、我に返ったみたいに引いていく。わらわらと集まってきた人の中には、知っている顔もあった。里帆の周りにいるのは同中の女子で、瑞己と親しげにしているのは、おそらく同じ野球部だった人たちだ。直接的な関わりはないとはいえ、俺は見つからないようにそそくさとその場から離れた。

三人でいる時は同じ歩幅で歩いているような気になるけれど、やっぱりこういうところで大きな隔たりを感じる。自業自得だと思う。だって俺は人間関係を大事にしてこなかった。今も大事にできているかと聞かれると、わからない。その時、すれ違う人と肩が当たり、すぐに頭を下げると……。

「葉山？」

名前を呼ばれて、心臓が跳ねた。顔を上げると、中学時代にバッテリーを組んでいた中津がいた。中肉中背だった中津は、身長が伸びてシュッとした印象になっている。

「あ、え、えっと、久しぶり……」

気まずさも相まって、声が上擦《うわず》りそうになった。他の部員たちと同じように、中津とも結局ほとんど言葉を交わさず今に至る。中津のミスを激しく責め立て、野球部を辞めさせてしまった罪は重い。俺から真っ先に謝らなければいけないのに、中津は気さくに会話を繋げてくれた。

「葉山は一人？　俺は従兄弟《いとこ》と来てるんだ」

「あ、俺は里帆ともう一人の幼なじみ」

「え、大渕さんいるの!?　ついに付き合った？」

「付き合ってないよ」

「はは、そうなんだ！」

なんで中津はこんなに普通に話してくれるんだろう。俺のことを恨んでいても不思議じゃないのに、優しすぎて心が痛かった。

「……中津。あの時は本当にごめん」

バッテリーを組んでいた期間は短かったけれど、俺は数えきれないほど辛辣《しんらつ》なことを言った。中津がひっそりと野球部を退部していったこともなんとも思わなかったし、そうやってすぐ辞められるくらいの熱量だったんだって、心の中でも中津を否定していた。

「たしかにあの頃の葉山は大嫌いだった。でも、葉山に責められたから野球を辞めたんじゃないよ」

「で、でも……」

「俺、少年野球チーム出身だったから、中学でも野球はアットホームな雰囲気でできると思ってたんだ。だけど、思っていた以上に練習がきつくて、本当は一年のうちに辞めるつもりだったんだけど、なかなか監督に言いだせなくて」

「中津……」

「結果的に俺は葉山のせいにして辞めた。本当は自分が練習についていけなかっただけなのに。あの後、葉山は相当周りから言われたりしただろ?」

「……え、いや」

「言われてたの知ってる。どんどん葉山が孤立していったことも」

中津の退部だけが原因ではない。だけど、あれが一種の引き金になって、俺は部員たちから反感を買った。『葉山が辞めろよ』『お前さえいなければ、野球部はもっと楽しいのに』『なんで葉山と同じチームなんだろう。俺たち運悪すぎ』……そんな声もあちこちで聞こえていたが、俺はそれすらも力で黙らせた。

「葉山は今も野球やってる?」

「高校ではやってないよ」

「やればいいのに、勿体ない」

「俺、野球が絡むと性格悪くなるから」

きっと繰り返す。瑞己のようにはなれないと思い知ったからこそ野球を辞めた。その選択が間違っていたとは思わない。

「じゃあ、もしも野球をやるようになったら応援に行くよ」

中津はそう言って、人混みの中へと消えていった。連絡先を聞かなかったけれど、これでいいのだと思う。偶然また会うこともあるだろうし、その時にはもう少し話せる自分になっていたいと思った。

「盗み聞きかよ」

俺は電柱の後ろに目をやった。「えへへ、バレてた?」と里帆が気まずそうに出てきた。体は隠せても、くまのぬいぐるみがずっと見えていることには気づいていた。瑞己のほうを見ると、まだ友達に囲まれている。きっと抜け出すタイミングを見失っているんだろう。

「なあ。お前、俺のことどう思ってた?」

「え、そ、颯大のこと!?」

「うん。中学の時の俺って、里帆から見ててどうだったのかなって」

「な、なんだ、そっちか……」

なぜか里帆がホッとしたように胸を撫で下ろしている。俺の言動に注意することはあっても、里帆は説教じみたことをしてきたことは一度もない。身内に甘くなるのと同じように、彼女だけはずっと俺のことを許してくれていた気がする。

「私が吹奏楽部で色々あった時、嫌がらせをしてた先輩に颯大が怒りに行ったたって後から知った。颯大って、私から見ればびっくりするくらいにまっすぐなんだよ」

里帆は部活の雰囲気を壊したくないと顧問には相談しなかったのに、俺はわざわざ上級生を突き止めた。そんなの里帆のためにはならないとわかっていたが、どうしても我慢できなかったんだ。

「……本当そういうところなんだよな、俺は」

まっすぐって聞こえはいいけれど、前しか見てないから人がいても我が物顔で譲らない。突き飛ばして押し退けて、自分が悪くてもお前が邪魔なんだろって当たり散らす。あの頃の俺は、そんな人間だった。

「颯大は熱くなりすぎちゃうんだよ。でも、私はそれが悪いことだとは思わない。だって、なにに対しても熱くなれない人だっているもん。周りが見えなくなるくらい熱くなれるものがあるって特別なことだよ」

里帆の顔が屋台の電球の乱反射で輝いている。あの頃のことを正当化するつもりはない。だけど、どうしようもなく青くて未熟だった自分を消す必要はないと、里帆が言ってくれた気がした。

「さてさて、二年間の冷却期間を置きましたが、そろそろちょうどいい温度になってきたんじゃないですか?」

「なにがだよ?」

「燻《くすぶ》っていても颯大の中にちゃんと火種があるって、私はわかってるからね」

「はいはい。バカ言ってないで、早く瑞己を連れてこいよ。野球だとすごいやつなのに、ああいうところはガキの頃のままっていうか、気が小さくて断れないから」

「瑞己のことも今はすごいって認めてるんだね」

「あいつはすごいよ。昔も今も」

里帆が嬉しそうな顔をしながら駆けだす。下駄の音を響かせて瑞己のことを連れ戻してきた頃には、花火が打ち上がる時間に近づいていた。

⚾

「花火がよく見える特等席があるから移動しよう!」

そんな里帆の提案で、俺たちは半ば強引に祭り会場を後にすることになった。速足で連れて来られたのは、特等席というより〝いつもの場所〟だ。

「結局、ここかよ」

俺は河川敷に着いて、呆れた顔をした。日中は賑わっているこの場所も夜になれば人の姿はなく、外灯の青白い光が間隔を空けて光っているだけだった。やたらと時計を気にしている里帆を横目に、俺は土手に腰を下ろす。手に柔らかいものが当たったと思えば、そこにはシロツメクサが咲いていた。……そういえば子供の頃、里帆はよく三つ葉のクローバーを集めていた。普通レアな四つ葉だろって言ったら、三つ葉のほうが私たちみたいで可愛いからと笑っていた。たしかあの時、里帆からクローバーの花言葉を教えられた気がする。……なんだったっけ。

「なあ、クローバーの花言葉って——」

「ではでは、カウントダウンを始めまーす！」

俺の問いかけは、里帆の声によって遮《さえぎ》られた。テンカウントの数字が徐々に小さくなっていき、「ぜろー！」と里帆が叫ぶと、夜空に大輪の花が咲いた。

——ドンッ、ドッ、ドンッ!!

次々と打ち上がる花火が、目の前の川面に反射していた。花火の色に合わせて、川もカラフルに染まっている。十七年間この街に住んでいるけれど、祭りの花火が川に綺麗に映るなんて初めて知った。どこで里帆は知ったんだろう。いや、そんなことはどうでもよくて、水面に映る花火はまるで……。

「『万華鏡みたいだ』」

瑞己と声が重なって、思わず顔を見合わせてしまった。

「おい、ハモるなよ。はずっ」

「やっぱり颯大も同じこと思った？　昔、里帆が持ってた万華鏡の中にそっくりだよな！」

一時、里帆がハマって見ていた万華鏡。たしかあれも祭りのくじの景品で貰ったものだったはず。万華鏡を回すと、綺麗な花の絵柄が変化して里帆は飽きずに何度も見ていたし、俺と瑞己もすすめられて何度も見た。そうやって、俺たちは数えきれないほどの思い出を共有している。

「私、花火が終わらないうちに写真撮りたい！」

浴衣の裾《すそ》を色気もなく捲《めく》ったかと思えば、そのまま土手を下りていき、空と川の花火を両方収めようとスマホをあちこちに向けていた。

「なんか河川敷に来るの久しぶりな気がする」

頑張っている里帆を見ながら、瑞己が感慨《かんがい》深そうに言った。

「別に久しぶりでもないだろ。この前の草野球の時だってお前ら河川敷にいたし」

「三人揃《そろ》って来るのが、って意味だよ」

勝手に拗《こじ》らせた中三の夏から、季節が二回巡《めぐ》った。この二年で俺自身がなにか変わったかと聞かれたら、きっとなにも変わっていない。けれど、里帆が言っていたとおり冷却期間を経て、周りのことも自分のことも、前より少しだけ冷静に見ることができている。

「俺、全国大会の時、颯大が里帆に優勝ボールをプレゼントする約束をしてること、知ってたんだよ」

炸裂音《さくれつおん》と一緒に、空を覆い尽くす赤色の花火が上がった。俺があげたかったボールを瑞己が渡したと知った時、素直に悔しかった。

「あの球は颯大が投げたボールだったから、どうしても里帆にあげたかったんだ」

「なんだよ、それ。あれはお前が打ったボールだろ?」

「颯大が投げたボールを、わざわざ俺の優勝ボールとして里帆にあげた。颯大に嫉妬してたから、ただの当てつけだよ」

「嫉妬? お前が? 俺に?」

「嫉妬だらけだよ。同じ幼なじみでも二人のほうが付き合い長いし、家も行き来できるし、なにより里帆は颯大に遠慮しない。その距離感が真似《まね》できなくて、昔から羨ましいって思ってるよ」

思っていた、じゃなくて、思っている。それは現在進行形の言い方だった。

「なんで今さら、そんなこと言うんだよ」

「今だから懺悔《ざんげ》したんだよ」

瑞己が柔らかく笑った。俺はあの時、瑞己にだけは絶対に打たれないと思っていた。だけど、きっと瑞己は絶対になにがなんでも打とうとしていた。俺は勝負だけじゃなくて、その気持ちにも負けたのだと思う。

「野球、辞めて後悔してる?」

「……………」

「なんで颯大はこの前の草野球でマウンドに立った?」

「なんでって、ムカついたから」

「なにに対して？」

「なにって、それは……」

「野球が好きだから怒ったんだろ」

反論の余地もない答えを言われた気がした。俺はたしかに、野球を辞めた。野球に関するものを全て捨てて、なるべく視界にも入らないようにしてきたつもりだ。嫌いになったから離れたんじゃない。俺は……嫌いになる前に、離れたかった。大好きだった野球が大嫌いになるのが怖くて、自分から遠ざけたんだ。

「戻ってこいよ、颯大」

——野球が好きなら、戻ってこい。一緒に野球をやろうと言われても響かなかったのに、その言葉は胸の奥に深く刺さった。気づくと、自分の右手を見つめていた。人差し指と中指に残っている豆がざらざらしている。俺の手は、あの頃に比べれば綺麗になった。でも新しい傷が増えない手を見るたびに虚《むな》しくもなっていた。

「俺は……」

言いかけた瞬間、浴衣をたくし上げた里帆が慌てた様子で走ってきた。

「ね、ね、もうすぐ花火が終わっちゃう！　まだ三人で写真撮ってないのに！」

里帆はスマホを内側カメラにして、俺たちの間に入ってきた。許可なく何枚かシャッターを切ったけれど、あまり納得してない様子だ。

「あーもうっ、うまく撮れない！」

「ちょっとスマホ貸して。この中で一番身長が高い俺が撮るよ」

「さりげなくマウント取るなよ」

里帆の代わりに、瑞己がスマホを構える。打ち上がった花火を背景にして、なんとか三人の写真を撮ることができた。すぐに里帆から共有されてきて、俺も自分のスマホで写真を見る。そういえば、三人で写真を撮るのもかなり久しぶりだ。ソーダのアイスを仲良く並んで食べたあの夏には戻れなくても、こうやって新しい思い出を作っていくのも悪くないのかもしれないと思った。

♣

私は一度好きになったものは、とことん好きで居続ける自信がある。よく言えば一《いち》途《ず》、悪く言えば執着だと思う人もいるだろう。誰にどう思われても絶対に目移りしないし、手離したくもない。だから、これからも三人でいられると思っていた。永遠なんてないとわかっていても、ずっとずっと颯大と瑞己の近くにいられると思っていた。

最近見つけた可愛いカフェ。こぢんまりとしている店内はメルヘンな雰囲気で、甘いスイーツが食べられる。チェック柄のテーブルクロスの上に広げたのは、やりたいことを九つ書いた自分ノート。

2（表）お祭りの屋台のものを全部食べたい
2（裏）三人で久しぶりに集まる

屋台の食べ物は全部ではなかったけれど、本当の目的は三人でお祭りに行くことだったから、無事に二番目の願いも叶えることができた。さて、残りは七つ。次にやりたいことを叶えるために、私はカフェのレジの奥に見える張り紙に目を向けた。今まで勇気がなかったけれど、今日こそは言おうと密かに決意していると、瑞己の妹・桃果ちゃんがトイレから戻ってきた。

「里帆ちゃん、そのノートなーに？」

「あ、な、なんでもないの。トイレ混んでそうだったから時間かかると思ってたけど早かったね！」

私はそっとノートを閉じた。桃果ちゃんは今時の中学生って感じで、私から見ればかなりのおませさん。中学入学を機にスマホを買ってもらえたらしく、桃果ちゃんはしょっちゅう連絡をくれる。今日も女子会をしよう！と誘ってくれて、一緒にクリームソーダを飲んでいるところだ。

「みんな鏡の前でメイク直ししてるだけだから中は空いてたよ。桃果もいっぱいコスメが欲しいな。でもママが塾のテストでいい点取らないとダメだって」

「あれ、桃果ちゃん、塾通ってるんだっけ？」

「うん。夏休み中に一回だけ隣町にある塾の体験に行ったの。そしたら、流れで入会することになっちゃってね」

「瑞己に勉強教えてもらったらいいのに」

「お兄ちゃん、野球ばっかりで家にいないもん。今日も祝日なのに朝から練習に行ったよ。なんかそういうのってブラック部活とか言うんでしょー？」

「うちはいたってホワイトだよ。まあ、監督が厳しすぎる学校もあるみたいだけどね」

「そうなの？　桃果、野球全然わからないけど、中三になったら常磐東を受験しようかな。颯大でも入れたから、桃果もいける気がする」

「ははっ、颯大が聞いたら怒るよ〜！」

私に比べて颯大は桃果ちゃんに会う機会は少ないけれど、瑞己の家に遊びに行っていた頃はよくちょっかいをかけていた。桃果ちゃんはその記憶がまだ根深く残っているそうで、颯大のことを敵みたいに呼び捨てにしている。それが私からすれば面白い。

「そういえば、里帆ちゃんもよくバス使うの？」

「え？」

「この前の塾の時、向かいのバス停にいたよね？　声かけようとしたんだけど、ちょうど乗るバスが来ちゃって」

「私、バスなんて滅多に乗らないよ。人違いじゃないかな？」

「え、でも……」

「あ、桃果ちゃん見て。ここって甘いものだけじゃなくてサンドイッチとかもあるんだね。今度はランチで来てみようよ」

　私はメニューを片手に、話を逸らした。小さい頃から隠し事が嫌いなタイプだったから、自分も絶対に隠し事はしないと決めていた。だけど、私は今、息を吐くように嘘をついた。心が痛むけれど、それ以上に秘密にしたいことがある。

「桃果が誘ったのに、奢ってもらっていいのー？」

「いいよ、いいよ。ここはお姉ちゃんに払わせて！」

　レジでお会計をしながら、私はしきりに壁の張り紙を気にしていた。『お茶をするならここにしよう！』と、カフェを指定したのは私だ。

【スタッフ募集・未経験も大歓迎】

　店の前にも貼られている求人を目にしてから、いつかはここでバイトがしたいと思っていた。だけど、いつかなんて先延ばしにしないって決めたから、私は自分ノートの三番目にアルバイトがしたいと書いた。

「あの、すみません。ちょっとお伺《うかが》いしたいことがあるんですけど……」

勇気を出して、店員さんに声をかけた。働いてみたいという願望の他に、両親に美味しいものをご馳走《ちそう》したい気持ちがある。本当は社会人になってから、なんて悠長なことを考えていたけれど、ゆっくりしていたらきっと間に合わないこともあると思う。


「え、来週からバイトを始める!?」

桃果ちゃんと別れて家に帰った後、私は先立ってお母さんに報告した。店員さんにバイトのことを聞いたら、人手不足で困っているから、やる気さえあればすぐにでも来てほしいと言われた。私としては面接をしないと採用してもらえないと思っていたから、こんなに早く決まってしまって自分自身が一番驚いている。

「うん、駅からちょっと離れた場所にあるカフェ。詳しいシフトについてはまた後日相談するんだけど、週二日から大丈夫だって言うし、時間もそんなに長くないから無理しないで働けるかなって」

「なんで急にバイトなんて……」

「急じゃないよ。ずっとやりたいと思ってて、たまたまいいお店を見つけたんだ」

「そうだとしても、今やらなくてもいいでしょう?」

「私は今じゃなきゃダメなの」

その言葉に、お母さんが怪訝《けげん》そうな顔をした。お母さんは元々、私にあれこれと言わない性格で、幼い時からなんでも自由にやらせてくれた。だから怪我をしても、失敗しても自己責任。そんな環境が私には心地よく、こんな言い方はおかしいかもしれないけれど、伸び伸びと育ってきた自覚がある。だからこそ、私も家族の心を縛りたくない。お母さんがずっと前からやりたいと言っていたピラティス教室に通うようにと後押しをしたのは私だし、自分のことも今までと変わらずに決めていきたいと思っている。

「あまり口には出さないけど、お父さんもすごく里帆のことを心配してるのよ。もしもバイト中になにかあったら……」

「バイト先の人にも、ちゃんと本当のことを話すよ。もしかしたら断られちゃう可能性もあるけど、それでもいいよって言ってもらえたら頑張ってもいい？」

「でも……」

「心配かけるようなことはしないからお願い！」

顔の前で両手を合わせると、お母さんは根負けしたように了承してくれた。

私の体の中には、ほんの少しだけ悪い巣がある。なんとなく倦怠感《けんたいかん》が続くような気がして、ビタミン剤でも出してもらえたらという軽い気持ちで病院を受診したのは、高校に入ってすぐの頃だ。それからは定期的に同じ先生にお世話になっている。休学することを勧められたこともあるけれど、それだけは嫌だと伝えた。私は大丈夫。これからも元気だから大丈夫なんだって、毎日自分に言い聞かせている。

⚾

「わあ、めっちゃいいじゃん！」

次の日。休み時間を利用して、私は明日菜にお祭りの写真を見せた。ちなみに河川敷の水面に花火が映ることを教えてくれたのは明日菜だ。

「でしょー？　明日菜のおかげで本当にいい写真が撮れたよ。ありがとね！」

「去年一緒にお祭りに行った時は、間に合わなかったもんね」

「そうそう。河川敷に着いた時にちょうど花火が終わっちゃって」

「うちが急に思い出したからね。里帆の浴衣も超可愛いね」

「これお母さんのお下がりなの。近所の人に着付けてもらったんだ！」

「ナジミーズ、なんか言ってた？」

「うん。花火もすっごく感動してくれて、私の宝箱に入ってる万華鏡みたいだって」

「違う違う。里帆の浴衣の感想。花火もいいけど、お前の浴衣のほうが綺麗だよとか、そういうのないの？」

「あはは、ないよ～！　そんなこと言われたら私がびっくりしちゃう」

「もう、ナジミーズは気が利かないんだから！」

そんな会話をしていたら、廊下が少しだけ騒がしいことに気づいた。なんだろうと教室の扉のほうに目を向けると、瑞己が上のサッシに手をかけながら顔を出した。

「あ、よかった、いた」

教室に入ってきた彼のことをみんなが視線で追っている。小学生まではどこにでもいる普通の男の子だったのに、中学で身長が一気に伸びて、野球で活躍するようになってからは、私も知らないうちに目立つ存在になっていた。

「噂をすれば、旦那様登場～！」

「ちょっと、明日菜」

明日菜はふざけているだけだけど、私たちのことを付き合っていると勘違いしている人は一定数いる。それに対して大きな声で否定しないのは、お互いに気にしないという処世術を身に付けたからだ。

「瑞己、どうしたの？」

「今日の放課後って、なにか用事ある？」

「ううん、とくにないよ」

「じゃあ、臨時マネージャーお願いできない？」

「え、臨時って野球部の？」

「うん。今日の部活は監督がいないんだけど、マネージャーも風邪で休みなんだよ」

「そうなんだ。別にいいけど、私が練習場に入っちゃって大丈夫？」

「うん。紅白戦をやるから、スコアボードを書いてくれると助かるんだけど」

「オッケー。任せて」

私たちのやり取りを聞いて、明日菜がまたなにかを言いたげに口元を緩ませている。

「さすがに怒るよ」なんて注意したら、間を置かずに「里帆は怒らないよ。怒ったところ見たことないもん」と返されてしまった。たしかにそうかもしれない。怒るにはエネルギーが必要だし、そのうえ理由がいる。私は今まで何度も颯大や瑞己が怒っている姿を見てきた。そのどれもが野球に関することだった。私はこの前『熱くなれることがあるのは特別』だと颯大に言ったけれど、怒れるなにかがあるのも、私からすればすごく羨ましいことだ。


「っしゃー！　全員気合い入れるぞ！」

土埃《つちぼこり》が舞う練習場で、一年生が大きな声を出し合っていた。紅白戦は文字通り、赤組と白組に分かれて行う試合のことで、いわば同じチーム内で戦う実践練習だ。振り分けは学年対抗で、一年生が白組、二年生が赤組になっている。瑞己に頼まれたとおり、スコアボードの近くのベンチに座っていると、二年生の部員に手を振られた。それを無視するのも悪いと思って振り返したら、今度は別の人が振ってきた。それを何回か繰り返していると、瑞己がチームメイトの肩を叩いた。

「ほら、試合、試合！　負けたほうは一時間ロードワークだからな」

「試合後に⁉　きっつ！」

瑞己の喝《かつ》のおかげで、二年生の表情が変わる。彼が目配せをしながら口パクで謝ってきたから、私は首を横に振った。三年生が引退して今は二年生が中心になっているけれど、その中でもとくに瑞己がチームを引っ張っているように見えた。……本当にすごいな。いつも近くにいるはずなのに、彼の成長を見逃してしまいそうになるくらいに。

試合は赤組の攻撃から始まり、一年生のピッチャーが三者三振で抑えたが、次の一回裏で一失点。二年生がリードを取る形になり三回表。

――カアーンッ……！

練習場に甲高い打球音が響いた。バッターボックスに立っていた瑞己がバットを手から離す頃には、一年生ピッチャーが投げたスライダーは、防球ネットに当たっていた。公式戦の球場だったらバックスクリーンに入るほどのホームランだ。

「うおー、瀬戸ナイス！」

二年生は沸き上がり、一年生は縮み上がっている。走者なしのホームランだったため、私はスコアボードに一点を追加した。

本当は高校でも野球部のマネージャーをやろうと思っていた。道具の準備や片づけに加えて、部室の掃除。ノックの球出しや試合のスコア作成に、選手たちへのお守り作り。マネージャーの仕事は本当にたくさんあるけれど、中学時代すごく楽しかったから、高校でもできたらいいなって。入学したら真っ先に志願しようと決めていた。

けれど、私は帰宅部を選んだ。体験入部が始まる前に、腫瘍《しゅよう》が見つかったからだ。なんとなく腫瘍だと重苦しく聞こえるから、私はそれをブドウくんと名付けている。ブドウくんのことを一年かけて化学療法で小さくしたのに、最近また別のブドウくんが発見された。双子なんて聞いてないと主治医の先生に冗談で言ったら、どうやら三つ子や四つ子にもなる可能性があるらしい。

自分のことだけど、自分のことじゃないみたい。ずっとそんな感覚がしていたけれど、さすがに楽観的ではまずいと思って自分ノートを作った。バイトは先ほど正式な採用の連絡が入っていたから、実質三番目の願いも叶った。

じゃあ、次にやりたいことは……。

「ちょっともう、瀬戸先輩はベンチに引っ込んでてくださいよ！」

一年生が天を仰《あお》ぎながら嘆《なげ》いている。打順が回ってきた瑞己がまた右中間へとホームランを打ったのだ。あんなに高々と打てたらさぞ気持ちいいだろう。頭の中で四番目の願いが浮かんでいた。


「ロードワーク、冗談で言ったんだけどな」

部活が終わった後、私は瑞己と通学路を歩いていた。紅白戦は十五安打十四得点の猛攻で、二年生が圧勝した。一年生は悔しさをバネにするように五キロの走り込みをして、あっという間に学校に帰ってきた。

「紅白戦って、自由に試合回数とかルールを決められるから面白いよね。中学の時は3イニング、逆打席とかでやったりしてたよ」

「あーそれいいかもな。ピッチャーのリリースポイントが見やすいし、なによりすっぽ抜けたボールが体に当たりにくい」

「やっぱり瑞己もデッドボールは怖い？」

「それはもちろん。でも颯大が投げる球はめちゃくちゃ速いのに、怖いって思ったことないんだよな」

「颯大のコントロールは正確だもんね」

「その精密さを鍛えたのは里帆だろ？」

「え？」

「高架下のストライクゾーン。次はここ、今度はこっちって的を変えて投げさせられたって、颯大に聞いたことある」

「あはは……。今考えると本当によくないよね、あれ。私フォアボールとか知らなかったから、全然ストライクじゃないところに的を描いたりしてたし」

「だから颯大はフォアボールもデッドボールも出さないんだよ」

また野球をやってほしい。私は颯大に直接そう伝えたことはない。私たちに野球は飽きたと言ってきた時の彼は、今まで見たことがない顔をしていた。なにも考えないようにしているような、そうすることで自分を守っているような、そんな顔だった。

私と颯大は野球で繋がっているわけじゃない。だけど、私たちの思い出の中にはいつだって野球があって、瑞己と仲良くなれたのも野球があったからだ。

「瑞己、今日って疲れてる？」

「ううん、疲れてないよ。なんで？」

「ちょっとだけ、寄り道してもいい？」

向かったのはバッティングセンターだ。二十二時までやっているお店は、日が沈むと同時に目映《まばゆ》い電飾が灯る。年中無休でいつ来てもやっているのに、今日は様子が違った。

「え……閉店!?」

思わず、瑞己と声を揃えた。シャッターには、老朽《ろうきゅう》化に伴う閉店の知らせが貼られている。【これまでお店に足を運んでくださった皆様、本当にありがとうございました】という締め括《くく》りと一緒に、球ちゃんのイラストが添えられていた。

「閉店するなんて、この前来た時はなんの案内もなかったけど……」

「きゅ、急に決まったのかな……?」

「うーん、そうかも」

私は最近ここには来ていなかったけれど、まさか閉店するとは思っていなかったからかなり動揺している。瑞己も寂しそうな顔をしていて、こんなことならもっと通えばよかったと落ち込んでいた。

「これからも当たり前みたいに同じ場所にあると思ってたけど〝ずっと〟なんて、ないんだよね、きっと」

もう二度と入ることができないお店を見ながら、ぽつりと呟いた。当たり前のことなんてないからこそ、やっぱりいつかやろうもダメなんだ。

「……どうする?　別のバッティングセンターに行く?」

「ううん、大丈夫。わざわざ付き合ってもらったのにごめんね」

私たちは来た道を戻り始めた。逆方向だからいいよと言ったのに、瑞己は家の近くまで送ってくれた。

「練習終わりなのに、本当にありがとう。瑞己も気をつけて帰ってね」

「うん。じゃあ、また明日」

彼に手を振って歩きだす。数歩だけ進んだところで、「里帆」と瑞己が踵《きびす》を返して戻ってきた。

「え、ど、どうしたの？」

「俺、まだ自分に自信がないけど、ちゃんと胸張って言える時が来たら、里帆に聞いてほしい話があるんだ」

そう言って、手を握られた。瑞己の手は優しいけれど、強くて逞《たくま》しいバッターの手をしている。そして、これは努力の手でもある。

「うん。わかった」

私は彼の手を握り返した。瑞己のことを幼なじみとしても人としても尊敬している。だからこそ追いつけるように頑張りたいと思うし、彼を見ていると私は勇気を貰えるんだ。

――ガチャ。家に着いたタイミングで、向かいの玄関が開いた。これから走りに行くところなのか、ランニングウェアを着た颯大と目が合った。

「今日はずいぶん、帰りが遅いな」

「うん。今日は野球部の臨時マネージャーをやってきたの。って言ってもとくに大した仕事はしてないんだけど」

「ふーん」

「あ、そうだ。いつものバッティングセンターが閉店しちゃったの知ってる?」

「あー、なんか平子が言ってた。あいつんち、あそこら辺の近くみたいで」

「そうなんだ。本当にびっくりだよね……」

「まあ、今までよくもってたほうだろ」

颯大は平然としているけれど、内心は私たちと同じようにショックを受けているはずだ。彼は言葉少なに「じゃあな」と言って走りだした。そのまま家の中に入ろうとしたが、ふと思い止まった。……颯大のランニングに付き合えるのも今しかないかもしれない。そう思ったら、この瞬間も無駄にできない気がして、気づけば鞄をカゴに放り投げて自転車に跨がっていた。

「……颯大!」

ペダルを漕ぎながら名前を呼ぶと、彼が驚いたように振り向いた。

「は、なんで追いかけてくるんだよ?」

「暗いから自転車の明かりで照らしてあげる」

「ったく」

颯大は文句を言いつつ、私が並走することをいつも許してくれる。普段だったらスピードを落とさずに三キロをあっという間に走ってしまうのに、今日は途中で足が止まった。それは私がストライクゾーンを描いていた高架下の側だった。

「ちょっと、下りるか」

「え、ま、待ってよ」

颯大を追いかけるように、土手の上に自転車を停めた。高架下には外灯がないけれど、荒川に架かる陸橋の眩しい光のおかげで、そんなに暗さは感じなかった。

「お前は瑞己と今でもここに来てるだろ?」

「うん、近くを通る時には。颯大は久しぶり?」

「いや、夏休み中に一回だけ来た」

たしかこの場所を最初に見つけたのは彼だった。『秘密基地みたいな場所を発見した!』と、私にキラキラした顔で教えてくれたことが懐かしい。

「ねえ、颯大。私ね、ホームランが打ってみたい」

自分ノートの四番目に書いた願い。私は野球ができないけれど、二人が見ている景色を体験したいと思った。

「ホームラン？　なんで？」

「打てたらスカッとするかなって」

「俺は専門外だから瑞己に頼めよ」

「そう思ったから、さっきバッティングセンターに寄ってきたんだよ」

「あーなるほどね」

「これはどう？」

　私は足元に落ちていた流木を拾った。ちょうどバットの代わりになると思って構えたら、颯大に呆れられた。

「そんなんでホームランが打てるか」

「私だって本当に打てるとは思ってないよ。でも、打った気分になってみたいじゃん」

「ボールは？」

「石ならいっぱいあるよ」

「お前に向かって俺に石を投げろって？　瑞己に殺されるわ」

「うーん、なんかないかな」

　ボールになりそうなものを見つけるために、鞄の中を漁《あさ》ってみた。次々と中身を出していくと、颯大が飲みかけのペットボトルを手に取った。

「そういや前に、キャップ野球っていう動画がバズってた気がする」

「キャップ野球？」

「ペットボトルのキャップをボールにするんだよ。ストレート、スライダー、カーブ、なんならチェンジアップも投げ方次第でできるらしい」

「え、そうなの？」

「試しにやってみるか」

颯大がやる気になってくれたので、私は距離を取った。正面に立つ彼と瞳が重なって、心臓が大きく跳ねた。今まで何度も颯大のピッチングを目にしてきた。でもそれはいつだって遠くて、こんなふうに真正面で彼が投げる姿を見るのは初めてだ。少しだけ、ほんの少しだけ、泣きそうになった。颯大が私に向かってキャップを投げる。タイミングを合わせて振ったつもりだったのに、当たった感触がない。

「はい、ストライク」

「あれ、キャップはどこ？」

「お前の足元」

「い、今ってまっすぐ投げなかった？」

「ストレートだと見せかけて落とすフォークだよ」

「なんでフォークを投げるの!?」

「キャップでもいけるかなって思ったらいけた」

「私にホームランを打たせてよ！」

興奮気味に声を張ったら、なぜか颯大に笑われた。「お前はいっつも怒ってるよな」

なんて言いながら、地面に落ちているキャップを拾いに来た。

「……え、私って怒ってる？」

「俺は怒られてるけど？」

言われてみればたしかに、颯大に対してはムキになることが多い気がする。

「……私、颯大にだったらエネルギーが使えるんだ」

「なんの話？」

「颯大のことを怒ると、私が元気になるって話」

「なにそれ、こえー」

彼がまた私と距離を取る。立ち止まった場所は、先ほどキャップを投げてくれた位置だった。颯大が再びセットポジションの姿勢を取った。瑞己には勇気が貰えて、颯大には元気が貰える。そんな幼なじみがいるって奇跡だし、二人がいれば私は無敵になったみたいに強くなれる。

「しっかり振れよ」

ゆっくり投げてくれた二回目のキャップは、ど真ん中に飛んできた。難しいことは考えずに大きく振りかぶると、流木の先端にキャップが当たった。カンっと乾いた音がした後、キャップは空高く飛んだ。

「や、やったあ、ホームラン！」

「飛距離が足りねーから、ヒットだよ、ヒット」

「そこはホームランでもいいでしょ。素直に喜ばせてよ」

「バッターを喜ばせないようにするのがピッチャーなんだよ」

売り言葉に買い言葉だとしても、彼が自分のことをピッチャーと言ってくれたことが嬉しかった。やっぱり私は、また颯大に野球をやってほしい。ううん、きっと私は誰よりも熱く戦っていた颯大の姿をもう一度見たいのだ。

5／必ず甲子園に行く

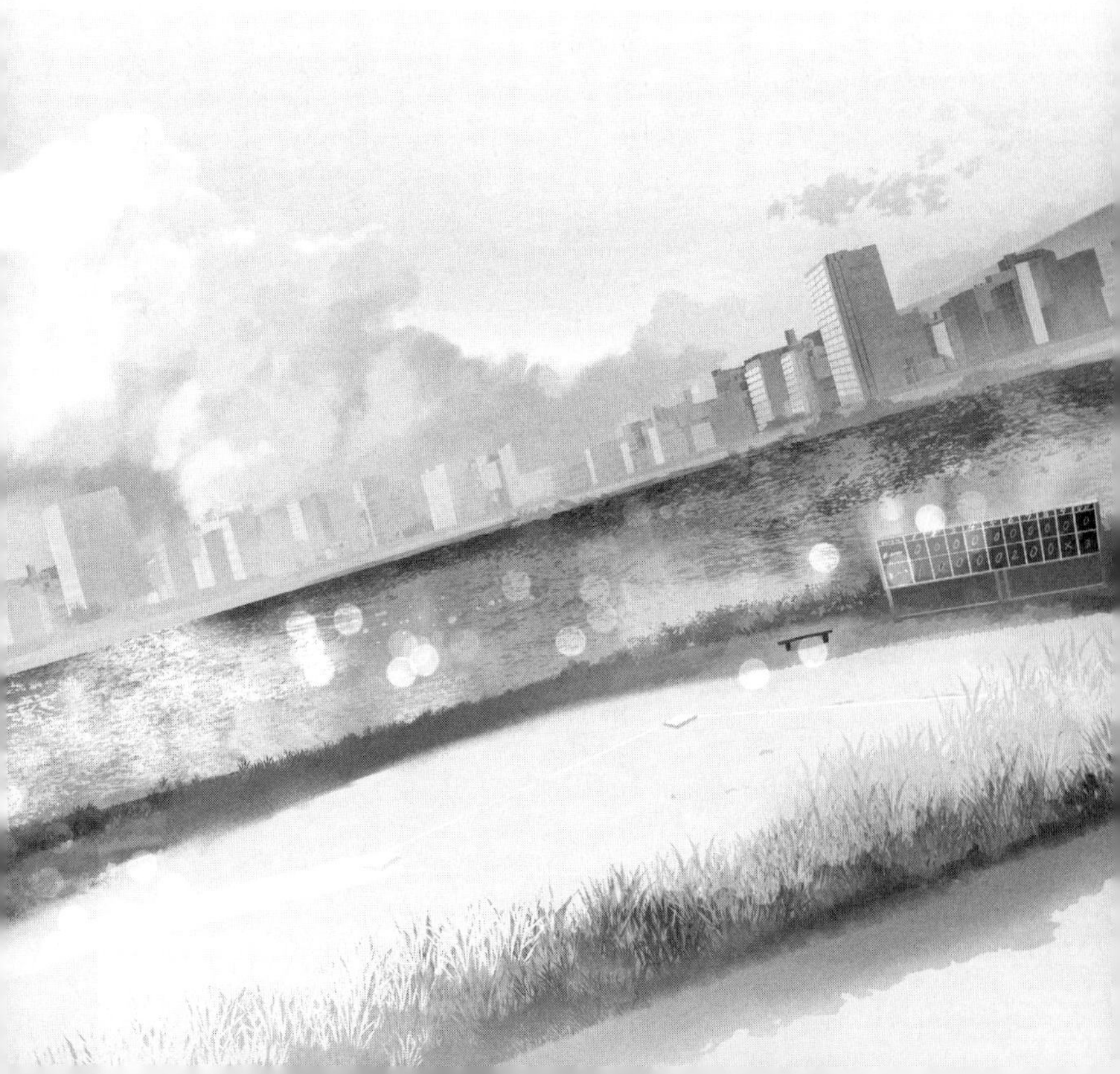

甲子園は夏だけじゃなくて春もある。俗に言う選抜甲子園だ。地方大会を勝ち抜いて優勝した学校だけが出場できる夏とは違い、春の甲子園は地区ごとの大会成績を基《もと》に、選考委員会と呼ばれる大人たちが出場校を選ぶことになっている。その基準は色々あるらしいけれど、最も選抜に入りやすい方法として、十月の秋季大会で成績を残すことが挙げられる。常磐東は関東ブロックで争うことが決まり、それは三年生が引退し、新チームとして行われる最初の公式戦でもあった。


「……プレッシャー、エグいな」

俺は空を見上げながら独り言を溢《こぼ》した。地上四階建ての校舎に下げられた横断幕が黍嵐《きびあらし》によって揺れている。歴代で使い回されているであろう垂れ幕には【常磐東高等学校　野球部　秋季関東大会　出場決定！】という文字が書かれていた。

「プレッシャーじゃなくて、みんな期待してるんだよ」

登校途中で鉢合わせした里帆も、隣で同じように横断幕を見上げている。

「こういうのは普通、春の選抜に進めたら吊るすもんだろ」

「関東大会だって、全部の学校が行けるわけじゃないし、出場できるだけでもすごいことだよ」

「そうだけど、出場校を大人たちが選ぶっていうのがそもそも納得いかないんだよな」

「関東大会でベスト4に入れば、選抜は確定でしょ?」

「有力候補ってだけで確定じゃないんだよ。試合結果だけで決まるものじゃないからこそ、周りが盛り上がりすぎるのはよくないってことを言いたかったけど、俺には関係なかったわ」

「ほうほう。さては相当野球部が気になってますね?」

「……うるせーな」

小さな声で言い返した後、早々と校舎の中に入った。

日本中が沸いたWBCのように、普段野球を観ない人でも周りの盛り上がりに合わせて秋季大会に関心を持ち始める。でかでかと掲げられた横断幕の影響なのか、教室でも野球の話をしている人が多かった。

「俺はやっぱり野球よりもバスケだわ」

電子書籍よりも紙派だという平子は、何度も読み返しているというスラダンを開いていた。夏休み中に俺のことを巻き込んで試合に出たくせに、野球はあれっきりで興味もないらしい。

「バスケって秋にも試合あんの?」

「バカ言え。Bリーグはプレシーズンを経て、秋にレギュラーシーズンが始まるんだよ」

「へえ。そんなに好きならバスケ部に入ればいいのに」

「俺はやるより観るのが好きなんだよ。葉山は逆だろ?」

「なにが?」

「なにがって野球だよ。俺の代わりに投げてくれた時、普通にすげえカッコよかったよ」

「なに言ってんだよ。俺は観るのも普通に好きだよ」

「今年の甲子園は観た?」

「……それは観てないけど」

「やっぱり、やる派じゃん」

春も夏もテレビにかじりついて観ていた甲子園。この二年間一切観なくなった理由はいくつかある。苦しくなりたくなかった。悔しいと思ってしまう自分も嫌だった。だけど、一番は心を揺さぶられたくなかった。

——『野球、辞めて後悔してる?』

あの質問に答えられなかったことが全てだと思う。

「瀬戸くんのことが好きです。付き合ってください!」

そんな告白現場に遭遇してしまったのは、三時間目の休み時間だった。次の授業が面倒な古典ということもあり、トイレに行ったついでにサボるか否か悩みながら廊下をうろついていたら、ちょうど死角になっている階段下に瑞己がいた。告白している女子は、おそらく瑞己と同じ二組の生徒だ。こういう時は見なかったことにして立ち去るのが礼儀だとしても、思わず柱に身を隠して足を止めてしまった。

「ありがとう。でも、俺、好きな人がいるんだ」

「知ってるよ。大渕さんでしょ？　でも大渕さんに聞いたら、ただの幼なじみだって言ってたよ」

「里帆の気持ちは関係ない。俺が好きなだけだから」

「試しに付き合って好きになることもあると思う。一か月だけでいいから付き合ってよ。私、振り向かせる自信あるし」

「試しに付き合うなんて、俺にはできない。きっと余計に傷つけることになるだけだし、それだったらちゃんとここで断らせて。本当にごめん」

「……わかった」

女子は瞳を潤《うる》ませながら、廊下を歩き去っていった。時間差で出てきた瑞己と目が合って、「言っとくけど、偶然だからな」と、立ち聞きしていたことを咎《とが》められる前に自分から弁解した。今まで数えきれないほど告白されて、断ることにも慣れているはずなのに、瑞己は女子と同じようにつらそうな顔をしていた。

「……こういうのって、どうやって断るのが正解なんだろうな」

「さあ。でも、相手にこれ以上傷ついてほしくないって言っちゃうところがお前の優しさであり、ダメなところなんじゃゃね。あれじゃ諦められねーよ」

「じゃあ、颯大ならなんて言って断るんだよ？」

「告白されたことも、される予定もない俺に聞くなよ」

せっかく授業をサボろうとしていたのに、俺の足は瑞己の方向に合わせるように教室へと向かっていた。優しすぎる瑞己にとって、告白を断るという行為自体、向いていない作業だ。いちいち心を痛めるくらいなら、手っ取り早い方法がひとつだけある。

「早く里帆に告ればいいのに」

「……色々とタイミングがあるんだよ」

本当に付き合ってしまえば、少なくとも今よりは呼び出される回数は減るだろう。

「タイミングなんて考えなくても、里帆は断らないだろ」

「なんでそう思う？」

「だって断る理由がないし」

本人には絶対言わないけれど、俺から見ても瑞己はいい男だと思う。これだけモテていても誠実だし、調子にも乗らない。瑞己みたいなやつは他にいないと断言できるくらいだ。

「颯大って俺よりも長く里帆と一緒にいるのに、ちっともわかってないよな」

「わかってないって、なにがだよ？」

「里帆がバイトを始めるのは知ってる？」

「バイト？」

「うん、ここ」

瑞己が見せてきた名刺には、カフェの名前と住所が記されている。バイトを始めたなんて、里帆からは聞いていない。今朝は途中から一緒に学校まで歩いてきたわけだし、わざわざ報告することじゃなくても一言くらいあってもいいんじゃないかって、少しだけモヤっとした。

「今日からなんだって。初出勤だし緊張もしてるみたいだから様子を見に行きたいけど、俺は部活があるから」

「……俺に行けってか？」

「別に強制はしてないけど」

しぶしぶ名刺を受け取ろうとしたら、「あげるとは言ってない」とかわされた。名刺が欲しいなら自分で貰えばというような顔をしているもんだから、俺は勢いよく瑞己のケツに蹴りを入れた。

「痛いな！」

「牽制《けんせい》をかけてるのか、そうじゃないのか、どっちなんだよ」

「そっちこそ、どっちなんだよ」

「どっちって?」

「颯大にとって里帆はただの幼なじみなのか、それとも一人の女の子なのか」

「あいつは……一人の女の子で、ただの幼なじみだよ」

「そうやって、のらりくらりとかわすから、俺はタイミングを掴めずにいるんだよ」

そう言われた瞬間に、予鈴が鳴った。自分の教室へと入っていく瑞己から遅れるようにして、俺も五組に向かう。今でもふと、中三の全国大会の時に俺が優勝していたら、どうなっていたのか考える時がある。約束していた優勝ボールを渡して、自分の気持ちを伝えるつもりでいた俺は里帆になんて言ったのだろう。

付き合いたいと思っていたかどうかは自分でもわからないけれど、瑞己には渡したくないと思っていたことは確かだ。あの気持ちは、きっと消えたわけではない。心の隅《すみ》に追いやって、なかったことにしている。里帆とお似合いなのは瑞己だから、自分が出る幕はないのだと今でも強くそう思っている。

学校終わりの放課後。瑞己から見せてもらった名刺の住所を頼りに進むと、可愛らしいカフェにたどり着いた。メルヘンっぽい雰囲気の外観は薄紫色で統一されていて、入口には二匹のうさぎの置物がある。正直、男一人では入りにくい店だ。

「パンケーキ、すっごく美味しかったね！」

その時、女子二人組が店から出てきた。開いた扉の奥にはエプロンを着けた店員が何人かいて、その中に里帆がいた。再び閉まった扉を開ける勇気がない俺は、怪しいとわかっていても、外の窓から彼女の様子を目で追った。ホールを任されているのか、里帆がドリンクを運んでいる。両手で持っているトレイが小刻みに震えていて、危ないと思った時にはそのままひっくり返していた。

何度も頭を下げながら、里帆は周りに謝っている。近くにいた店員がフォローしていたけれど、彼女の顔は真っ赤だった。俺はそっと窓から離れて、店の前にあるガードレールに寄りかかった。小さなため息を空に向かって吐くと、わずかに白さが混ざっていた。この前まで夏だったのに、駆け足で秋が過ぎ去り、季節は冬の準備を始めようとしている。

「……はえーな」

自分だけがずっと立ち止まっている気がする。俺もなにかをしなきゃいけない。なにかを見つけるべきなのに、野球以上のことが見つからない。

――『戻ってこいよ、颯大』
あの言葉が頭の中で反芻《はんすう》していた。

日が沈み、外灯に羽虫が集まり出した頃、カフェの扉が開いた。

「里帆ちゃん、お疲れ様。またよろしくね」

「はい、お疲れ様でした」

店長らしき人に見送られながら、里帆が外に出てきた。おそらくシフトは、十七時から二十時まで。時間にすれば三時間だけど、俺がいることにも気づかないくらい疲れているように見えた。

「お疲れ」

「え、そ、颯大？　なんで……？」

「これ、やるよ。そこの自販にあった」

「わっ、あったかいココアだ！」

里帆の表情が一瞬にして、笑顔になった。俺が待っていたことについては、とくに深く尋ねられなかった。わざわざ聞かなくても、瑞己経由でバイト先の名刺を見せてもらったことをわかっているのだと思う。

「今日ね、ちょっと失敗しちゃった。働くのって、想像してた以上に大変だね」

「なんで急にバイトを始めた？」

「もう、みんな口を揃えてそればっかり聞いてくるんだから」

「色々と突然だからだろ」

「頑張りたいと思ったのが今だっただけだよ」

「……お前も瑞己もなんでそんなに頑張れんの？」

　ねじ曲がったりしないで、ひたむきに努力し続けている二人はすごいと思う。同時に眩しくも感じる。

「自分の記録は自分で毎日更新していく。野球だってそうでしょ？」

「野球には絶対塗り替えられない化物級の記録があるって知らねーの？」

「本当の記録じゃなくて気持ちの話。私はあの頃が一番よかったって思いたくない。いつだって輝いてるのは、過去じゃなくて今がいいもん」

　里帆が柔らかく笑った。楽しく野球をやっていた頃に戻れたらどんなにいいだろうと、考えた夜は数えきれない。いくらそんなことを思ったって、時間は戻らないし、止まりもしないことを嫌というほど知っている。二人のことが眩しく見えるのはきっと、俺が過去ばかりに目を向けているからだ。

　だったら、俺はなにをすればいい？

　どうやったら、今を輝かせられるんだ？

「ねえ、颯大。次の週末、一緒に瑞己の応援に行こうよ」

春の甲子園をかけた秋季大会。そこに行けば、球場の空気を肌で感じれば、自分の答えが見つかる気がした。

「わかった、行こう」


試合会場は栃木県の宇《う》都宮《つのみや》清《きよ》原《はら》球場《きゅうじょう》。宇宙船の円盤のような形をしたスタジアムには、約三千人を収容することができるそうだ。俺と里帆は電車で最寄りの西川田《にしかわだ》駅まで行き、会場までは徒歩で向かった。入場料を払って球場に入ると、すでに大勢の観客がいた。

「颯大。私たちの席、ここだよ！」

里帆に手招きされたのは、羽を広げたような三角形の中二階、アルプス席だ。他にも内野スタンドからバックスクリーン側の外野席と、どこからでも野球を見ることができるようになっていて、観戦エリアにはうちの学校の生徒もいた。超満員の観客席を見て、思わず息を呑んだ。自分が試合に出るわけじゃないのに、緊張と高揚感が絶妙に入り交じっている感覚になった。そういえば、中学の全国大会の時も、こんな気持ちだった。

「たくさんの人が見てる中で試合をするって、本当にすごいよね。甲子園もこんな感じなのかな？」

「あっちはもっと広いだろ。なんたって甲子園球場の規模は日本一だからな」

「じゃあ、観客に誰がいるとかはわからないね」

「いや、案外わかるもんだよ。選手の視力にもよるけど、俺は外野席の応援ボードまで見えてたよ」

「じゃあ、私がいてもすぐ見つけられる？」

「当たり前だろ」

全国大会の時も俺は里帆のことを見つけていた。きっと、瑞己もそう。今日だって、あいつは一番に里帆のことを探す。そして、隣にいる俺にもすぐ気づくだろう。

試合開始時刻になると、球場にサイレンが鳴り響いた。観客の拍手とともに両チームが選手の控え席――ダッグアウトから出てきた。向き合って整列した後、帽子を取って一礼。高校野球で親しまれている試合前の挨拶をすれば、主審からプレイボールの一声が放たれた。

「瑞己、頑張って！」

里帆が声を張ると、ダッグアウトに戻っていく瑞己の視線が上に向いた。俺たちの姿を見つけた瑞己は、応えるように右手を上げてみせた。

——パシッ、パシュッ。

手を振り返している里帆を横目に、俺はブルペンに目を向けた。そこでは常磐東の投手がピッチング練習をしていた。キャッチャーと合図の確認をしながら、次々と球を投げている。もしも、俺だったら一投目はなにを投げるだろうか。初球から勝負を仕掛けるか、いや、相手も様子見でバットを振らない可能性もあるし、徐々に投球を広げていって、カウントが有利になれば変化球やアウトローの厳しいコースを突くのもいいかもしれない……って、なにを考えているんだ、俺は。野球を辞めたのに、もうやらないと決めていたのに、球場に来てからずっと心が疼《うず》いている。

試合は相手チームの先攻から始まった。両チームとも三者凡退で抑え、〇対〇のまま二回裏。瑞己がヒットを打って一塁ベースへ駆け込む。次の五番打者も右中間センター前ヒットを打ち、ランナー一塁、瑞己も二塁へと進む。球場がわっと盛り上がった時には、完全に試合は常磐東の流れになっていた。

「なあ、里帆」

「んー？」

「俺が野球を辞めたのは、くだらないコンプレックスを拗らせた挙げ句に、自分の傲慢さを思い知ったからだよ」

頭上に広がっている青空を見上げながら、ぽつりと呟いた。今でも野球は団体競技であり、個人競技でもあると思っている。だけど、一人が独裁的に戦っても意味がない。野球は仲間同士が横並びになって、ひとつひとつを繋いでいくスポーツだ。それを瑞己というフィルターを通して学び、そんな初歩的なこともわかっていなかった自分が愚かだと思った。

「私ベタだけど、失敗は成功の基っていう言葉が好きなの。未経験でいることのほうが怖いこともあるよ。大事なのは失敗を受け入れて、挑戦し続けることだと思う」

失敗した自分から逃げるのではなく、受け入れる。そうできるまでに二年かかったけれど、遠回りした時間も俺には必要だった。

「今からでも間に合うと思うか？」

「間に合わせるのが、颯大でしょ？」

里帆の言葉を聞いて、燻っていた火種が大きくなった。遠くから見るんじゃなくて戦いたい。

——俺はやっぱり、野球が好きなんだ。

秋季大会の各地区優勝校が集《つど》う明治神宮野球大会が終わった十一月。春の選抜甲子園に進む学校が発表された。出場校は三十二校。その中に常磐東の名前はなかった。

「なんでよ！　納得できないっ!!」

学校からの帰り道。激しい木枯《こが》らしを物ともせず、里帆が荒川に向かって吠《ほ》えていた。俺たちが観に行った秋季大会の一回戦目は気持ちいいほど常磐東の完勝だったけれど、二回戦目はまさかのコールド負け。相手チームは、強豪と呼ばれる甲子園常連校だった。常磐東の結果はベスト5。選抜に入れる関東枠は「4.5」と決められているため、もしかしたらという希望があった。しかし選抜に選ばれたのは、ベスト4までのチームと、一回戦目で常磐東に負けた学校だった。

「なんでうちより下のチームが行けるわけ!?」

「二十一世紀枠ってやつだろ」

「なにそれ」

「あと一歩届かないチームに大舞台を経験させて、高校野球のレベルアップを図るとかなんとかって、調べたら書いてあった」

「なにそれ、なにそれ！」

「前に言っただろ。選抜甲子園は選考委員会の大人が選ぶんだって」

「抗議しに行こう！」

「したって、どうにもならねーよ」

負けたら終わりの夏の甲子園とは違い、負けても出場できる可能性があるのが春の甲子園だ。

「瑞己はもう気持ちを切り替えてるから大丈夫だよ」

俺たち以上に納得できないはずなのに、あいつは今日も放課後のグラウンドでバットを振り続けている。

「でも……やっぱり悔しいよ」

里帆が胸を押さえた。興奮したせいなのか、少しだけ顔色が悪い。

「おい、大丈夫かよ？」

「だ、大丈夫、大丈夫！　ちょっとだけ……ハア、ハア……過呼吸っていうか動悸がしてるだけだから」

「それってかなりヤバいだろ。少し休んでから帰ろう」

「う、ううん。家すぐそこだし……ハア、ハア……全然平気だよ」

平気という言葉とは真逆に、里帆の呼吸がどんどん荒くなっていく。ふらついている体を支えようとする頃には、里帆は立てなくなっていた。

「ハア……ハア……っ」

「おい、里帆！」

俺の腕の中でぐったりしている姿を見て、血の気が引いた。周りに助けを求めるべきか、それともおぶって家に連れていくべきか。正常な判断がつかない中、とっさに典子おばさんに電話をかけていた。

「……おばさん！　里帆が、里帆が！」

結果として典子おばさんに電話をしたのは正解だった。おばさんはすぐに救急車を呼んでくれて、俺もそのまま病院まで付き添った。地元にも病院はあるのに、里帆が運ばれたのはなぜか隣町の大学病院だった。詳しい検査をするからと、ストレッチャーに乗せられている里帆はどこかに連れて行かれてしまい、一緒に同行した典子おばさんも看護師から呼ばれて部屋に入っていった。

待合室に残された俺は、力なく椅子に沈んだ。なにが起きているのかわからない。だけど、この短い間に違和感がいくつもあった。なんで近くの病院に行かなかったのか。緊急で運ばれたはずなのに、医者や看護師は里帆や典子おばさんのことを知っている感じに見えた。

暫くして、俺も部屋に案内された。緊張しながら扉をスライドさせると、拍子抜けするくらい元気な声が飛んできた。

「颯大、心配かけちゃってごめんね……！」

ベッドの上には、上半身を起こしている里帆がいた。意識がなかったはずなのに、なんらかの治療をしてもらった里帆は、いつもどおりの顔色に戻っている。

「お前……大丈夫なのかよ?」

病室に典子おばさんの姿はない。おじさんに連絡をしているのか、それとも看護師とまだ話しているのか。どっちにしても不安は消えない。

「うん、ちょっと過呼吸による失神だって。本当に私ってば興奮しすぎっていうか、恥ずかしいところを颯大に見せちゃった」

明るい声を出す里帆の腕には、点滴が繋がれている。大事をとって今日は一晩病院で過ごすらしいが、入院の心配はないそうだ。

「学校休むの嫌だから、明日はちょっと遅れて行く予定」

「休めよ、一日くらい」

「颯大と違って私は授業が好きなの」

「本当に……体は大丈夫なんだよな?」

「大丈夫じゃないように見える?」

里帆の性格はよく知っている。自転車でおでこを縫った次の日も、彼女は心配かける隙《すき》を与えないように明るく振る舞っていた。俺は……あの時と同じ。目の前で倒れた里帆を見て、直感的に恐怖を感じた。里帆がいなくなってしまうかもしれない。なぜかそんな怖さが情けないほど胸の奥で渦巻いている。

「ねえ、颯大。夏があるよね」

「夏……？」

「常磐東は春のセンバツに行けなかったけど、まだ夏の甲子園があるよ」

里帆の瞳は、俺よりもずっと先。すでに来年の夏を見据えているような気がした。俺たちの夢は夏の甲子園に行くこと。チャンスは泣いても笑ってもあと一回。いや、まだ一回残されている。

「今から間に合うと思うか？」

この前と同じ質問をすると『もうわかってるでしょ』と言わんばかりの顔で、里帆が優しく微笑んだ。大切なものの捨て方を知ると、心が整うなんていう言葉をどこかで聞いたことがある。人間というのは大切なものがありすぎると、余裕がなくなるらしい。だから、俺は野球を手放した。里帆や瑞己とも離れようと思った。でもダメだった。ダメだったから、もう立ち止まっている暇はない。

「颯大ならできるよ。だって颯大は誰よりも野球が好きでしょ？」

さっきまで自分が大変だったのに、里帆はいつだって俺の背中をそっと押してくれる。これでも里帆とは長い付き合いだ。なんとなく、俺に言えないことがあることはわかっている。わかっていても、今は里帆の言葉だけを信じる。彼女が俺のことをいつも信じてくれているみたいに。

「俺、また野球やるよ」

一発勝負の夏の甲子園。どこまでできるかじゃない。里帆のためにできることを、できる限りのところまで。

「本当に……？」

「ああ、ブランクがありすぎて相当きついだろうけど、頑張るよ」

「本当に、本当に、本当？」

「こんな時に嘘なんてつくわけない……うおっ！」

ベッドから腕を伸ばした里帆が、突然抱きついてきた。俺は前屈みになって、ズルズルと腰を落としていく。行き場をなくした両手をどうするべきか迷いつつ、右手だけを里帆の頭に乗せた。

「……急になんだよ、危ないだろ」

「だって嬉しくてっ……」

「泣くとまた過呼吸になるぞ」

「ありがとう、颯大。本当にありがとう」

脳裏に瑞己の顔が浮かんでいた。こんなところ、あいつには見せられないと思いながらも、強くしがみついている里帆を離すことなんて、俺にはできなかった。

6 / 言わないで

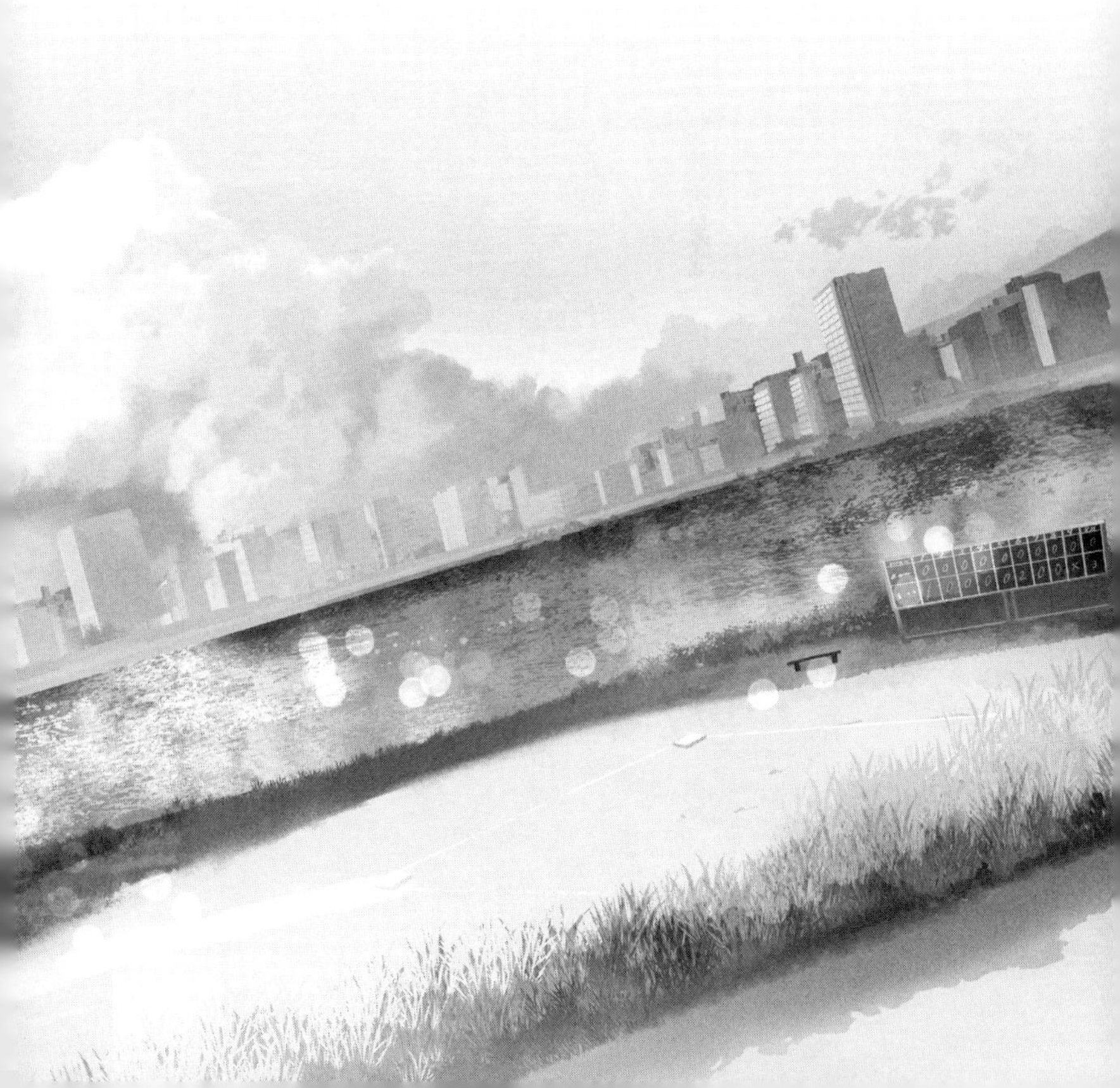

枯れ草が生い茂っている河川敷は、いつの間にか冬を迎えていた。地面には霜柱《しもばしら》が立ち、靴で踏むたびにザクザクという音が鳴る。常磐東が選抜甲子園に落選してから、今日で二週間。毎日走っていたランニングを、三キロから五キロに増やした。たかが二キロだけど、俺のペースでは走りきるまでに三十分はかかる。それによって、起床時間も七時半から六時に変わった。

「こら、また私を置いていったな？」

ランニングを終えて家の中へと入ろうとしたら、向かいの二階の窓が開いた。部屋着姿でこっちを見ていたのは、寝起きであろう里帆だった。あれ以降、注意深く里帆を見ているけれど、病院に運ばれたことが嘘みたいに今は元気だ。

「大人しくまだ寝とけよ」

学校は朝のホームルームが始まる八時四十分までに登校すればいいので、まだ一時間以上もある。

「だったら、学校まで一緒に行こうよ」

「これから朝練だよ」

「あ、そっかそっか！　帰宅部仲間歴が長いからつい」

「今日、バイトは？」

「あるよ。私ね、パンケーキが焼けるようになったの。すごくない？」

「すげーすげー」

「また様子を見に来てもいいですよ?」

「だから部活だっての」

「帰宅部仲間歴が長すぎて、うっかり」

「わざと言わせてんだろ」

あれから俺は正式な手順を踏んで野球部に入った。入部して一週間以上が経つというのに、里帆はこういう茶番劇を飽きずに振ってくる。元々、中学校で野球を教えていたという部活の監督は、俺が元ピッチャーだということを知っていた。経験者ということで快く入部させてもらったけれど、まだ背番号はなく、あくまで補欠選手だ。


「颯大、おはよう」

学校に着いてグラウンドに直行すると、すでに瑞己がいた。野球部に入って間もないとはいえ、瑞己と同じユニフォームを着ていることには、まだ慣れない。

「お前、今日なんキロ走った?」

「いつもどおり、十キロだけど?」

瑞己が俺と同じように、毎朝ランニングをしていることを知ったのは、つい最近のことだ。十キロ走ってきたくせに、誰よりも早く朝練に参加している瑞己は、本当に練習バカを通り越してタフすぎると思う。

瑞己は里帆が病院に運ばれたことを知らない。なにかあった時のために、瑞己にだけは話しておこうと思ったが、大事にはしないでと里帆から念を押されていることもあって、なかなか言いだせずにいた。

他の部員たちが集まってきたところで、軽い準備運動が始まった。朝練のメニューは基本的にポジション別になっていて、ピッチャーだったらピッチング。バッターだったら、バッティング。内野、外野はともに守備強化のためのノック練習を行う。

「葉山、一緒に肩慣らしのキャッチボールをしよう！」

気さくに声をかけてくれたのは、同じ二年生でピッチャーをしている松田《まつだ》だった。秋季大会の時に投げていた松田は伸びのある投球が特徴的で、失点や安打が少ない好投手と言えるだろう。

「葉山って、肩強いんだろ？　瀬戸から中学の時は148キロ投げてたって聞いた」

「高校野球では大したことないだろ。中には160キロ超えの記録を持ってる選手だっているし」

「そうだけど、葉山のスピードもなかなかだよ。俺は最高135キロだし、葉山みたいに速く投げられたら気持ちいいだろうな」

松田は少しだけ瑞己に似ている。俺は同じポジションの人はライバルだと思っていたし、相手にもそう思われているという気持ちで野球をやっていた。でも、松田には嫌味がない。同じポジションでもチームメイトは仲間で、自分が活躍できなくても、仲間の活躍を心から喜ぶことができる。瑞己はそういうやつだし、松田もそうなんだと思う。

「そういえば壁当てネット見た？　ストライクゾーンにシートを付けてみたんだけど」

「……ネット？」

確認するために視線を外すと、たしかに移動式の壁当てネットには、正方形の布のようなものがあった。どうやらそこに球を当てると、『バチンッ！』という甲高い音が鳴るらしい。

「やっぱり音って大事じゃん？　来年には新入部員も入ってくるし、これでモチベーションと気分を上げて、うちの野球部がもっと強くなっていけばいいなって！」

それは来年だけじゃなくて、自分たちがいなくなった後のことも含まれている気がした。夏の甲子園の地方大会は六月。予選を突破できなければ、俺たちはそこで引退になるから、実質野球ができるのはあと半年しかないということだ。自分でも遅すぎたと思っている。だけど……。

――『間に合わせるのが、颯大でしょ？』

なんの迷いもなく、里帆がそう言ってくれたから、残りの高校生活をこれから来る夏に全てかける覚悟はできていた。

⚾

それから俺は野球部の練習に明け暮れた。毎日河川敷の高架下に集まっていたあの頃のように。他の部活に比べて野球部の練習は過酷と言われているけれど、しっかり休息日は設けられていて、今日は久しぶりにのんびりできる土曜日になるはずだった。

「いらっしゃい」

インターホンを押して間もなく、俺は爽やかな顔をした瑞己に迎えられた。せっかく昼過ぎまで寝てるつもりだったのに、『うちに来いよ』と電話で呼び出されたのは、一時間前のことだ。

「お前んち県境で遠いんだから、用があるならそっちがうちに来いよな」

「ロードワークにはちょうどいい距離だっただろ？」

「アホ、チャリで来たわ」

瑞己の家に上がるのは久しぶりだけど、相変わらず広くて、母親がインテリアコーディネーターをやっているだけあって家具もお洒落《しゃれ》だ。初めて瑞己んちに来た時なんて、思わず『金持ちの家だ！』と叫んでしまったくらいだ。

「じゃあ、早速観ようか」

二階の部屋に入ったところで、瑞己がテレビのリモコンを手に取った。画面に映し出されたのは、今年の夏の甲子園の試合だ。テレビ中継されていた全試合を録画していたらしく、なんの説明もなしに流し始めた。

「おいおい。せっかく練習が休みなのに野球かよ」

「当たり前だろ。地区予選まで時間がないし、今年の甲子園で活躍した学校は間違いなく来年も出場する。どんな選手がいて、どういうチームなのか敵を知ることも大事な戦略だよ」

球場に鳴り響くプレイボールのサイレン。球場を埋め尽くすほどの応援団の声が画面越しでも腹に来る。夏の甲子園は高校球児たちの夢。その名のとおり、甲子園球場に集まったチームは強敵ぞろいだった。

一回からしっかり全体の流れを作っている先発ピッチャー。どんな球でも確実に当ててくるバッター。チームの司令塔の役目を担っているキャッチャー。難しい体勢でショートバウンドをしっかり捕球するファースト。セカンドゴロを素早くショートスローにできる優秀なセカンド。強烈な打球を物ともせずに対応しているサード。ゲッツー狙いでセカンドとうまく連携している内野の花形、ショート。牽制球が投げられるたびにカバーに走る外野のキャプテン、センター。どの塁にいるランナーでも狙える左翼のレフト。ランナーを進ませないための強い肩を持つ右翼のライト。ぞくぞくする。わくわくする。甲子園は怪物だらけだ。

「今年の優勝校って神奈川だよな？」

「うん、決勝の相手は前回優勝の宮城だった。ちなみに埼玉は一〇五回の歴史の中で一回だけ」

「来年は記念すべき二回目になるかもな」

「かもじゃなくて、絶対なるよ」

瑞己が自信満々に笑った。俺と同じように瑞己の気持ちも、すでに来年の八月にある。甲子園を観たおかげでやる気に満ちていると、部屋のドアが勢いよく開いた。

「ちょっと、お兄ちゃん！　お風呂掃除しておいてって言ったでしょ！」

むくれっ面の桃果は、へそ出しの服を着ていた。暫く会わないうちに、色んなところが成長している。目が合って挨拶くらいしようと思ったら、露骨に顔を逸らされた。……俺、なんかしたっけ？

「風呂掃除するには、まだ早いだろ」

「ダイエットのために半身浴するの！　お兄ちゃんは普段野球ばっかで家の手伝いはいつも桃果がやってるんだから、家にいる時くらいやってよね！」

「やるけど、今じゃなくても……」

「今すぐ！」

桃果は思春期真っ只中という感じで、キャンキャン吠えていた。そんな桃果に慣れているのか、瑞己は兄の威厳《いげん》もなく素直に風呂掃除をしに行った。

「瑞己をコキ使えんのは、お前くらいだよ」

可哀想《かわいそう》というより、なんだか笑えてくる。俺の態度が気に食わなかったのか、桃果はさらにムッとした。

「言っとくけど、ここは桃果んちでもあるんだからね！」

「お前の許可を取らなかったから、そんなにカリカリしてんの？」

「彼氏じゃないんだから、お前って呼ばないで」

「じゃあ、桃果」

「それは馴れ馴れしい！」

「そっちだって俺のこと颯大って呼んでるだろ。四歳下なんだから、颯大くんか颯大先輩だろ」

「ふんっ」

昔は俺がちょっかいをかけるたびに泣きそうになってたくせに。……あ、嫌われてる理由って、それか。

「今日、里帆ちゃんは来ないの？　土曜はバイトじゃないでしょ？」

「瑞己が声かけたらしいけど、今日は家で勉強するってさ」

「………………」

「なんだよ？　俺じゃなくて里帆に来てほしかったたって？」

「なんか里帆ちゃんって、最近変じゃない……？」

その言葉にドキッとした。『変』というのが悪口ではないことは、桃果の顔を見ればわかる。

「桃果ね、お兄ちゃんみたいに頭よくないから、わざわざ隣町まで塾に行ってるの。でね、向かいのバス停に里帆ちゃんがいるのを見かけて、前にいたよねって聞いたら、人違いだって嘘つかれちゃって……」

「それって、いつの話？」

「一か月半くらい前かな」

「里帆が人違いって言うなら、本当にそうかもしれないだろ」

「里帆ちゃんみたいに可愛い子を桃果が見間違うわけないじゃん！　その後も何回か見かけたんだけど、周りをしきりに気にしてるから話しかけられなくて。だから私、この前里帆ちゃんの後をつけちゃったんだ」

「……それで？」

「里帆ちゃん、大学病院のバス停で降りたの。あそこって、けっこう大きな病気をした人がかかる病院だよね？」

桃果は病院の中までつけたらしいが、エレベーターに阻《はば》まれて見失ってしまったそうだ。おそらくそこは、この前里帆が運ばれた病院だ。薬を貰いに行っている可能性はあるけれど、里帆が過呼吸になったのは二週間前。桃果の話が本当だとしたら、その前から病院に通っていたことになる。

「里帆ちゃんには聞きづらいし、お兄ちゃんに言ったら大慌てしちゃいそうだから……。桃果の勘違いならいいの。里帆ちゃん、元気だよね？」

元気だよ、と即答できなかった。里帆がなにか大きなことを隠しているような気がして、胸騒ぎが止まらなかった。


瑞己が風呂掃除から戻ってきた後、俺は長居しないで家を出た。普段音楽を聴くのに使っているワイヤレスイヤホンを耳に差して、自転車を走らせる。コール音が長く続き、留守電になりかけたところで、ようやく里帆が電話に出た。

『はいはーい、どうしたのー？』

こっちの心配とは裏腹に、彼女の声はとても明るかった。

「今なにしてる？」

『別になにもしてないよ？』

「家にいる？」

『ううん、ちょっと散歩してる。颯大は瑞己の家に行ったんでしょ？』

「うん。今帰ってる途中」

『えーずいぶん早いね。久しぶりにお邪魔したんだから、もっとゆっくり遊んできたらよかったのに』

そんな会話をしながら河川敷の道へと入ると、前方を歩く見慣れた後ろ姿を発見した。自転車のベルを一回だけ鳴らしたら、スマホを耳に当てている里帆が振り向いた。

「え、颯大!?　すごい、ドラマみたい……！」

まさか俺もこんなにタイミングよく会えるとは思わなかった。イヤホンをワンタップして電話を切り、徒歩の彼女に合わせるように自転車から降りた。

「今日は家で勉強するんじゃなかったのかよ」

「もちろん、ちゃんとしたうえでの散歩ですよ？」

「リュックを背負って？」

「そう、リュックを背負って散歩してるの」

里帆は俺と違ってだらしない服で外に出ることはないが、明らかに散歩だけをしている格好ではなく、どこかに出掛けていたように見えた。

——『里帆ちゃん、大学病院のバス停で降りたの』

今日も病院に行っていたのかはわからない。冷静に考えてみれば親父がぎっくり腰をやった時、たしか同じ大学病院で診てもらっていたはず。だから大きな病気をした人だけがかかるわけじゃないとしても、それだったら少なくとも桃果に人違いだと隠すことはしないだろう。

「里帆」

「なーに？」

「俺、こう見えてすげえ勘が悪いんだよ」

「はは、そんなの知ってるよ。颯大は野球以外は本当に鈍いもん」

「うん。だから回りくどい言い方はできそうにないから直球で聞く。もしかしてかなり前から病院に通ってる？」

歩いていた里帆の足が止まった。彼女は昔から隠し事が嫌いだから、『なにそれ』って言われたら、またその言葉を信じようと思っていた。だけど、里帆はあっさりと病院に通っていることを認めた。

「女の子系の悩みが前からあってね。月に何回か薬を処方して貰ってるんだよ」

「それなら、なんで隠すんだよ？」

「言うわけないでしょ。女子の悩みは男子が思ってる以上にデリケートなんだからね！」

「桃果にだって、誤魔化《ごまか》しただろ？」

「桃果ちゃん経由で瑞己に知られたくなかったの」

「……じゃあ、心配しなくていいってことだな？」

「心配してくれたの？」

「したよ。おかげで今年の甲子園の決勝戦の録画見損なった」

「また瑞己の家に見に行かなきゃだね」

「お前も来いよな」

河川敷では、少年野球チームが練習をしていた。ベンチには大きめの水筒がたくさん置かれていて、きっとあの中には氷いっぱいの麦茶が入っている。俺もよくカラカラとうるさい音を鳴らしてガブ飲みしていた。

「野球部の練習はやっぱり大変？」

「中学は三年間野球漬けだったからな。結果はどうあれ、それをやりきったっていう経験が今になっては活きてるよ」

「過去があっての今だもんね。そうやって全部が繋がってると思うと、この瞬間も無駄にはできないよね」

里帆が少しだけ、遠い目をした。だけど、すぐに表情を変えてにこりとする。そのまま俺の自転車のかごにリュックを投げ入れて、後ろの荷台に跨がった。

「ではでは、しゅっぱーつ！」

早く漕げと言わんばかりに、催促されている。俺はしぶしぶという顔をわざとして、自転車を発進させた。二人乗りは法律で禁止されているっていうのに、里帆は嬉しそうにはしゃいでいる。

「ねえ、ずっと前に私が友達とかくれんぼをして、行方不明になったの覚えてる？」

突然、懐かしい話をされた。小四くらいの時に、なぜか女子の間で放課後のかくれんぼがブームになった。それで最後まで里帆だけが見つからず、鬼を含む女子たちは先に帰ったのではないかと探すのを止めた。その様子を遠巻きに眺めていた俺と瑞己は、里帆が黙って帰るはずがないと校舎のあちこちを探し回り、そして見つけた。里帆は体育館のステージ下にあるパイプ椅子収納台車の中にいたのだ。

「自分で入ったくせに出られなくなるとか、本当にアホだよな」

「ね、おっしゃるとおり。あの時はこのまま誰にも見つけてもらえないって、一人で絶望してたな」

「見つけた時わんわん泣いたもんな、お前」

「学校の帰り道まで泣いてた。この河川敷だったよね」

「そーそ」

思い出話に花が咲く。その間も里帆は俺の腰に手を回してしがみついていた。

「自転車に乗れなかった頃も、こうやって乗せてもらってたけど、やっぱり私は颯大の後ろに乗るの好きだよ」

「俺はお前を後ろに乗せるの嫌いだよ」

「え、ひどくない？　重いから？」

「顔が見えないから」

「……今のはけっこうストライクすぎる」

「なにが？」

「颯大でもキュンとすること言うんだって」

こういうやり取りをしていても、俺からは里帆の顔を見ることはできない。彼女は今も昔も軽い。だから地面に映っている影を確認しながらじゃないと、乗っているか不安になるくらいだ。

『そっちこそ、どっちなんだよ』

『どっちって？』

『颯大にとって里帆はただの幼なじみなのか、それとも一人の女の子なのか』

ふと、瑞己から言われたことを思い出した。あの時は軽くかわしたけれど、もしも今同じ質問をされたら俺はなんて答えるだろうか。

「ねえ、颯大。私とデートしない？」

「え、は、え……？」

キキィ——。思わず自転車のブレーキをかけた。顔だけを後ろに向けると、里帆の顔がほんのりと赤くなっている。どういうつもりで言っているのか、なんて尋ねる余裕はなかった。

「私とデートしてほしい」

もう一度言われた言葉に、息を呑む。消したはずの気持ちが、心の隅に追いやったはずの気持ちが、一気に押し寄せてきた。俺はまた自問自答をする。自分にとって、里帆は幼なじみで家族同然の存在だ。けれど、もしもそれだけだったら、こんなにも心臓が速くなることはない。時間を経て自覚した気持ちは、河川敷に降り注ぐ夕焼けよりも熱かった。

♣

——『私はあの頃が一番よかったって思いたくない。いつだって輝いてるのは、過去じゃなくて今がいいもん』

前に颯大に対して、そう伝えたことがあった。あれは、自分自身に向けた言葉でもある。私はきっとこれから、あの頃が一番よかったって思うことが増えていく。だからこそ、過去よりも今を輝かせなければいけないと思った。

「さあ、二人とも好きなものをなんでも頼んでいいからね！」

私は正面に座っているお父さんとお母さんにメニューを渡した。二人を連れて入った創作料理屋はテレビで紹介されたことがある有名なお店だ。お母さんが好きな海鮮もあるし、お父さんが好きなお酒もたくさんあるっていうのに、二人は少しだけ戸惑ったような顔をしていた。

「里帆の気持ちは嬉しいけど、ちょっと値段が……。ね、あなた？」

「ここはお父さんが払うから、里帆も好きなものを食べなさい」

「ダメダメ！　今日は私の奢りなの！」

先日、初めてのお給料を貰った。体調と相談しながらのシフトだから金額的には多くなかったけれど、頑張った時間が形になって返ってきた気がして嬉しかった。今日はそのお金で二人に美味しいものを食べてほしい。むしろそのためにバイトを始めたのだから、食べてもらわなきゃ困る。

「頼まないなら、私が勝手に選んじゃうからね！」

店員さんを呼んで、私は次々とメニューを指さしていった。最初は遠慮していた二人も、料理が運ばれてくると嬉しそうに食べてくれた。学校のこと、友達のこと、バイトのこと。あえて病気の話題は出さないで、明るい話だけをした。

「颯大と瑞己も来年の甲子園を目指して、野球すっごく頑張ってるんだよ！」

「仁美から聞いたわ。颯大くんがまた野球を始めたのは里帆のおかげだって感謝してた」

「え、私のおかげなんかじゃないよ！」

「もし颯大くんと瑞己くんが甲子園に行ったら、家族総出で応援に行かないとな」

「そうだよ。一回戦から登場すれば六試合。埼玉から兵庫まで何度も往復できないから泊まる場所も確保しなきゃ！」

それなら有給を取ると張り切っているお父さんに対して、お母さんは気が早いわよ、と笑っている。甲子園は私たちだけではなく、応援している人たちの夢でもある。楽しい時間が過ぎていく中で、チクチクと針で刺したような痛みがした。お母さんたちに気づかれないようにお腹を擦ってみたけれど、治らない。

「里帆。料理に全然手を付けてないけど、もしかして具合が悪いのか……？」

お父さんから問われて、私は全力で首を横に振った。

「ち、違う、違う。胸がいっぱいすぎてお腹もいっぱいになっちゃっただけ！　あ、私、ちょっとお手洗いに行ってくるね！」

席を立って、急いでトイレの個室に駆け込んだ。ポケットに忍ばせておいた薬を水なしで喉の奥へと流し込む。……お願いだから、治まって。お腹を抱えて暫くじっとしていたら、願いが通じたように痛みが静かに引いていった。

私の中にあるブドウくんは、日に日に大きくなっているらしい。この前、救急車で運ばれた時、一時的な呼吸困難とはいえ、もう少し処置が遅れていたら危険な状態だったと医師から説明された。本当はあのまま入院したほうがいいと言われたけれど、それだけはまだ待ってほしいとお願いした。病気が進行していることはわかっているし、通院ではなく入院して治療に専念してほしいと思っている両親の気持ちにも気づいている。

だけど、体の中にいるブドウくんの場所が悪くて手術ができないこと、根気よく薬物療法を続けていくしかないことは、自分が一番理解していることだ。薬だけで抑えるしかないのなら、私はまだ日常の中にいたい。


「顔色悪いけど、大丈夫か？」

そんなことを瑞己から聞かれたのは、お弁当を一緒に食べる約束をしていた昼休みだ。教室は目立つし、中庭は寒いからと、私たちは屋上へと続く階段の踊《おど》り場に座っていた。

「え、私また顔色悪い!?」

「また?」

「いや、えっと……」

思わず口を滑らせてしまって、わかりやすく目を泳がせた。実は今朝、明日菜からも同じように心配された。自分では元気を装っているつもりなのに、うまく隠せないほど慢性的な腹部の痛みが続いている。今までお腹が痛くなることなんてなかったのに、自分が思うよりずっと病巣《びょうそう》は広がっているのかもしれない。……また急に倒れたりしたら、どうしよう。この前はなんとか颯大にバレずに済んだけれど、さすがに二回目はどんな嘘をついても誤魔化すことはできないと思う。

「最近、ちょっと無理してない? なんか痩《や》せた気もするし……」

「そ、そうかな? あ、バイトで動いてるからかも。でも本当に無理はしてないよ!」

「それなら、いいんだけど……」

瑞己はよく人を見ているから、私の変化にもすぐ気づいてしまう。遅かれ早かれ、私の病気をわかってしまう時が来る。だけど、瑞己と颯大は今が一番大事な時期だ。

──冬を制する者は夏を制す。そんな言葉があるように、これからさらに身体づくりを強化していかなければならない。夢のために頑張っている二人の邪魔だけは絶対にしたくなかった。

「あ、そうだ。日曜って暇？」

「え、日曜日？」

「うん。久しぶりに遊びに行かない？」

「ご、ごめん。その日は颯大と約束してて」

「……それって、俺も行っちゃダメなやつ？」

瑞己の質問になんて答えたらいいのかわからなくて口籠もっていたら、悪戯《いたずら》っぽく髪の毛を撫でられた。

「嘘、嘘。お土産よろしくな」

彼はそう言って、黙々とお弁当を食べ始めた。颯大が嘘をつく時に指の骨を鳴らす癖があるように、瑞己は嘘をつく時、私の目を絶対に見ない。

——『ねえねえ。里帆ちゃんって、颯大くんと瑞己くんどっちが好きなの？』

小学生の時、同級生の女の子からよくそんなことを聞かれていた。無邪気に『どっちも好きだよ』と答えると、『好きな人は一人しか作っちゃダメなんだよ！』と言われた。その時は意味がわからなかったけれど、今は幼なじみとしての「好き」と恋愛の「好き」の違いくらいは理解しているつもりだ。

6（表）デートをしてみたい
6（裏）一日だけ彼女気分になる

私は自分ノートの六番目にそんな願望を書いた。誰でもよかったわけじゃない。ソーダ味のアイスみたいに、しゅわしゅわと広がっていった初恋は今も続いている。

⚾

楽しみにしていた日曜日。新しく買ったキャラメル色のコートを羽織って、私は駅の入口に立っていた。スマホを内側カメラにして、身だしなみをチェックする。普段あまりメイクはしないけれど、今日はアイシャドウを乗せて、マスカラも塗って、リップも付けてきた。……気合いが入ってるって思われちゃうかな。少しだけ不安になってきたところで、こっちに向かって歩いてくる颯大が見えた。

「……よう」

いつもジャージかスウェットが多いのに、彼もよそ行きの格好をしていた。今まで何度も一緒に出掛けたことがあるのに、今日はお互いにぎこちない空気が漂っている。

「ちゃ、ちゃんとした洋服を着てるなんて珍しいね！」

「ちゃんとした洋服ってなんだよ？」

「今日の私はどうですか？」

「あー……まあ、いいんじゃね」

「なにそれ！　反応薄い！」

「そもそも待ち合わせなんてしないで、家から一緒に来ればよかっただろ」

「……はあ」

「なんだよ、そのなにもわかってないみたいなため息は」

私はもう一度大きなため息をつく。今日はただの遊びじゃなくてデートだ。デートと言ったら待ち合わせだし、もうちょっと私の服とかメイクの感想も言ってほしかったのに……。颯大はムードの欠片《かけら》もなく電車の時間に遅れるからと、早々に改札機を通ってしまった。

埼京線に揺られること三十分。私たちは渋谷駅に到着した。都会の洗礼を受けるかのように、渋谷は人で溢れ返っている。駅直結の映画館もあったけれど、私たちはあえて歩いていけるところを選んだ。

「お前って、小さい時から変わんないよな」

「うん？」

「俺は近いほうが効率いいって思うタイプだけど、里帆は昔から歩きたがるじゃん。

線路沿いを歩いてばあちゃんちに行くとか言いだした時もあったし」

「わーあったあった！　おばあちゃんち川越なのにね」

「その後、どうなったか覚えてる？」

「颯大が飽きてすぐ引き返した」

「ちげーよ。お前がサンダル履いてきたせいで足が痛いって言いだして、俺がおぶって帰ったんだよ」

「えーそうだっけ？」

とぼけたふりをしたけれど、あの時のことは今でもよく覚えている。おばあちゃんの家に行きたかったのは本当だけど、半分は颯大と冒険がしたかった。ちょっとお洒落なロードムービーのように、宝物を探しに行くんじゃなくて、その旅路こそが宝物みたいな時間を過ごしたいと思っている気持ちは、あの頃も今も変わらない。

颯大と見た映画は、シリーズもののファンタジー作品。エピソード1はお母さんと、エピソード2は友達と、そして今日はエピソード3を見て完結の余韻《よいん》に浸るはずだったのに……。

「三部作で終わんねーじゃん」

一緒に映画を見ていたお客さんも颯大と同じことを口々に話している。

「ね、急に予告が流れるんだもん。びっくりしちゃった！」

「まあ、人気作だからなー」

「いつ頃、公開するんだろう？」

「今までが二年周期だから次も大体そんな感じだろ」

「……二年、か」

そうなると、颯大は十九歳になっている。私は……ちゃんと十九歳になれているだろうか。次も一緒に見ようねって約束したいのに、二年後の自分が想像できなくて、言いだすことができなかった。

「ねえ、颯大は二年後なにをしてると思う？」

「さあ。なにしてんだろな」

「野球はしないの？」

「プロ志望じゃなかったら野球は高校までだろ」

「そんなことないでしょ。大学野球も社会人野球だってあるよ」

「そこまで続けたら俺、じいさんとかになってもやってそう」

「いいじゃん、やりなよ！　シニア野球！」

「さすがに足腰がもたねーわ」

颯大は冗談っぽく笑った。

——『里帆、見たか！　すげえだろ！』

河川敷の高架下。私が描いたストライクゾーンのど真ん中に初めてボールが当たった日。小麦色に焼けていた彼は、キラキラしていた。太陽みたいな顔で喜ぶ颯大に心を奪われて、その姿をずっと隣で見ていたいって、あの瞬間から思ったんだ。


それから私たちは駅のほうに戻り、ランチをすることにした。店内はカジュアルな雰囲気で、白い壁には有名人のサインが数多く書き込まれている。颯大はシカゴ風ミートボールサンドイッチ、私はハムチーズサンドイッチ。デザートに生クリームもりもりのシフォンケーキを頼んだ。

「チョコレートソース美味しい？」

「うん、食べる？」

「じゃあ、私のメープルシロップのほうもあげるね！」

最近は食欲が落ちていたのに今日は不思議とたくさん食べることができて、デキャンタに入っているフルーツジュースもすべて空っぽにした。

「わあ、スクランブル交差点が見える……!!」

お店を出た後はヒカリエでショッピングをして、十一階にある無料の展望スペースで、渋谷の街並みを眺める。都心に来ることがほとんどない私は、１０９の建物にさえ興奮していた。

「ここって二十四時までやってるらしいよ」

「えーじゃあ、夜景も綺麗かな？」

「多分な。今度は瑞己と来れば？」

「……なんで？」

「さっき、お土産買ってたじゃん」

たしかに私は雑貨屋でタオルを買った。瑞己に言われたからじゃなくて、今日の誘いを断ってしまった後ろめたさがあったからだ。

「……私が瑞己とデートしてもいいの？」

「あいつの気持ち、そろそろ気づいてんだろ」

「なにが？」

「瑞己はずっとお前しか見てないよ」

颯大から言われて、胸がぎゅっとなった。瑞己が一緒にいてくれるのは、私たちが幼なじみだからだと思っていた。だけど瑞己からの誘いを断って颯大と約束があると伝えた時、すごく悲しそうな顔をしていた。あの時、私はなんて言えばよかったのだろう。それなら三人で行こうと誘い返せなかった。今日は颯大と二人でいたかったから、言えなかったんじゃなくて、言わなかった。

「瑞己は将来のこともちゃんと考えてそうだし、なんていうか幸せになれる未来が簡単に想像できるだろ」

「……颯大は違うの？」

「俺は大人になってもちゃらんぽらんだよ。誰かを幸せにするなんてできないし」

「幸せは一緒になっていくものだから、颯大が一方的にしようと思うことじゃないよ」

「現実的に、瑞己といたほうが幸せになれるって話だよ」

「なんで急にそんなことを言うの？」

「……だってお前が真剣にタオルを選んでたから、ずっと瑞己のことを考えてたんじゃないかと思って」

違う。次に瑞己に会った時、どんな顔をしたらいいのかわからなかったからタオルを買った。瑞己のためじゃない。……私は自分のために選んだのだ。でも、それをどうやって言葉にすればいいんだろう。私にとって大切なのは、誰に幸せにしてもらうかじゃなくて、誰と幸せになりたいかだ。

だけど、それもうまく颯大に言えそうになかった。


楽しかった気持ちが一気に沈んでしまい、私たちは気まずい空気のまま展望スペースを離れた。お互いに足並みが揃わず、一緒にいるのに一緒にいないみたいに縦に並んだ。このままじゃ帰れないと思って、ヒカリエを出たその足で、あとで寄ろうと決めていた手芸屋に入った。

ハンドメイドの商品が並んでいる中、カラフルな生地が置かれている棚の前で止まった。色々と手に取りながら颯大のことを確認すると、その姿がどこにもない。

まさか私が店に入ったことに気づいてない？　ううん、並んで歩いていなかったとはいえ、すぐ後ろにいたことはショーウィンドウで見えていた。一人で帰ることはしないと思うけれど、怒ってしまった可能性はある。ひとまず店内を探そうと、選んでいた商品を置こうとしたら……。

「なに慌ててんだよ？」

「わっ……！」

前の陳列棚から顔を出した颯大に驚いて、抱えていた生地を落としてしまった。

「たく、なにやってんだ」

すぐに拾いに来てくれた颯大のことを見る。その顔はいつもどおりで怒っている様子はなかった。

「……どこかに行っちゃったかと思った」

「俺がお前を置いて、どこかに行ったことなんてないだろ？」

「わりとある気がする」

「おい」

冗談で言ったら、鼻を摘《つ》ままれた。「メイクが崩れるからやめて」と言ったらなぜかまじまじと顔を凝視された。

「な、なに？」

「学校でその顔するなよ」

「メイクするなってこと？」

「うん。俺の前だけならいい」

ぶっきらぼうに言う颯大の顔が、少しだけ赤かった。可愛いと思ってほしいなんて贅沢《ぜいたく》なことは言わない。だけど、今日だけは颯大のために可愛くなろうとしたんだって、気づいてもらえたらいいと思っていたから、飛び跳ねたいほど嬉しかった。

手芸屋で買ったものを抱えて、帰りは湘南新宿ラインに乗った。混んでいた車内で息苦しさを感じなかったのは、颯大が私をドア側にして守ってくれたからだ。

……もっと、遠出すればよかった。早く駅に着いてじゃなくて、まだ着かないでと願ったのは初めてだった。

地元に戻ってきた後、私たちは家まで一緒に帰った。本当は待ち合わせをした駅で別れるのもありだと思ったけれど、やっぱり少しでも長く颯大といたかった。

「先に入れよ」

そう言われて家に入ろうとしたが、名残惜しくなって振り向いた。

「ねえ、颯大。今日楽しかった？」

「うん。お前は？」

「すっごく楽しかった！」

「はは、声でか」

颯大が笑うと嬉しいはずなのに、同時に切なくもなる。生まれた時から私の隣には颯大がいて、これからも当たり前にずっと一緒にいられると思っていた。いつまでこうしていられるんだろう。いつまでここにいられるんだろう。いつまで、颯大を好きでいられるんだろう。私が生きられる期限をずっとずっと考えてしまう。

「今日はありがとう。また明日ね！」

涙を堪《こら》えて、家の中に入った。玄関の扉を背にして両手で顔を覆った。……絶対に泣かない。だって泣いたら、今日楽しかった時間まで流れてしまうかもしれないから。

【今ロードワーク中なんだけど、もし家に帰ってきてるなら少しだけ会えない？】

自分の部屋がある二階に上がったところで、スマホが鳴った。それは瑞己からのメッセージだった。

「ごめん。急に呼び出して」

指定された公園に行くと、すでに瑞己の姿があった。私は首を横に振りながら、とりあえず持ってきたお土産を渡すか否か迷っていた。自分のために選んだタオルを渡すなんて失礼だ。だけど、颯大はお土産のことを知っているから、あとで瑞己に聞くかもしれない。そうなったら、逆に渡さないのも不自然な気がする。

「……瑞己、これ」

迷った末に、タオルを渡すことにした。後ろめたい気持ちとは裏腹に、瑞己はすごく喜んでくれて、さらに罪悪感が強くなった。

「今日、桃果の宿題に一日中付き合わされてさ。中一の勉強だから余裕だと思ってたけど、色々と忘れてて焦《あせ》ったよ。あ、それと前に里帆が朝読で借りてた本も読んだ」

いつも私の話を聞いてくれることが多い瑞己だけど、今日はなにひとつ質問してこない。それどころか、あえて颯大の名前も出さないようにしている感じに見えた。

――『あいつの気持ち、そろそろ気づいてんだろ』

私は無意識に瑞己を傷つけていたことがどれほどあったのだろうか。彼のことをこれ以上傷つけないために、ちゃんと私の気持ちを言わなければいけないと思った。

「あのね、瑞己――」

その時、前触れもなくお腹の奥が傷んだ。チクチクを通り越してジクジクする痛みに、脂汗が滲《にじ》む。公園のトイレに駆け込むことも考えたが、そこまで歩けそうにないほどの激痛だった。たまらずにしゃがみ込むと、瑞己はすぐさま地面に膝《ひざ》をついて、私の肩に手を置いてくれた。

「ど、どうした？　大丈夫か……!?」

大丈夫って言いたいけれど、声が出せない。元気な自分でいたいのに、体が言うことを聞いてくれない。

「気持ち悪い？　それともどこか痛い？」

「……両、方」

「きゅ、救急車呼ぶ？　それともベンチで横になる？」

私は首を左右に振った。喋ったら吐いてしまいそうなほど、お腹の底が熱い。

「急に具合が悪くなった？　……それともずっと体が悪い？」

「え……」

「少し前から、なんとなく里帆の様子が変な気がしてた。無理に聞くのはよくないと思って今まで言わなかったけど、もしかしてなにか隠してる？」

瑞己から射るような瞳を向けられて、これはもう誤魔化せないと観念した。彼は優しいから、ずっと知らん顔をしてくれていたんだろうと思う。瑞己のことを傷つけたくないのに、私は縋《すが》るように、こんなことを頼んでいた。

「……お願い、颯大にだけは言わないで……っ」

私の体を蝕んでいるものは、きっと自分が思っている以上に広がっている。どうして消えないんだろう。どうして消せないんだろう。どうして私なんだろう。

瑞己に体のことを打ち明けた三日後の夜——。

私は緊急入院になった。

7 / 好きな人はいますか？

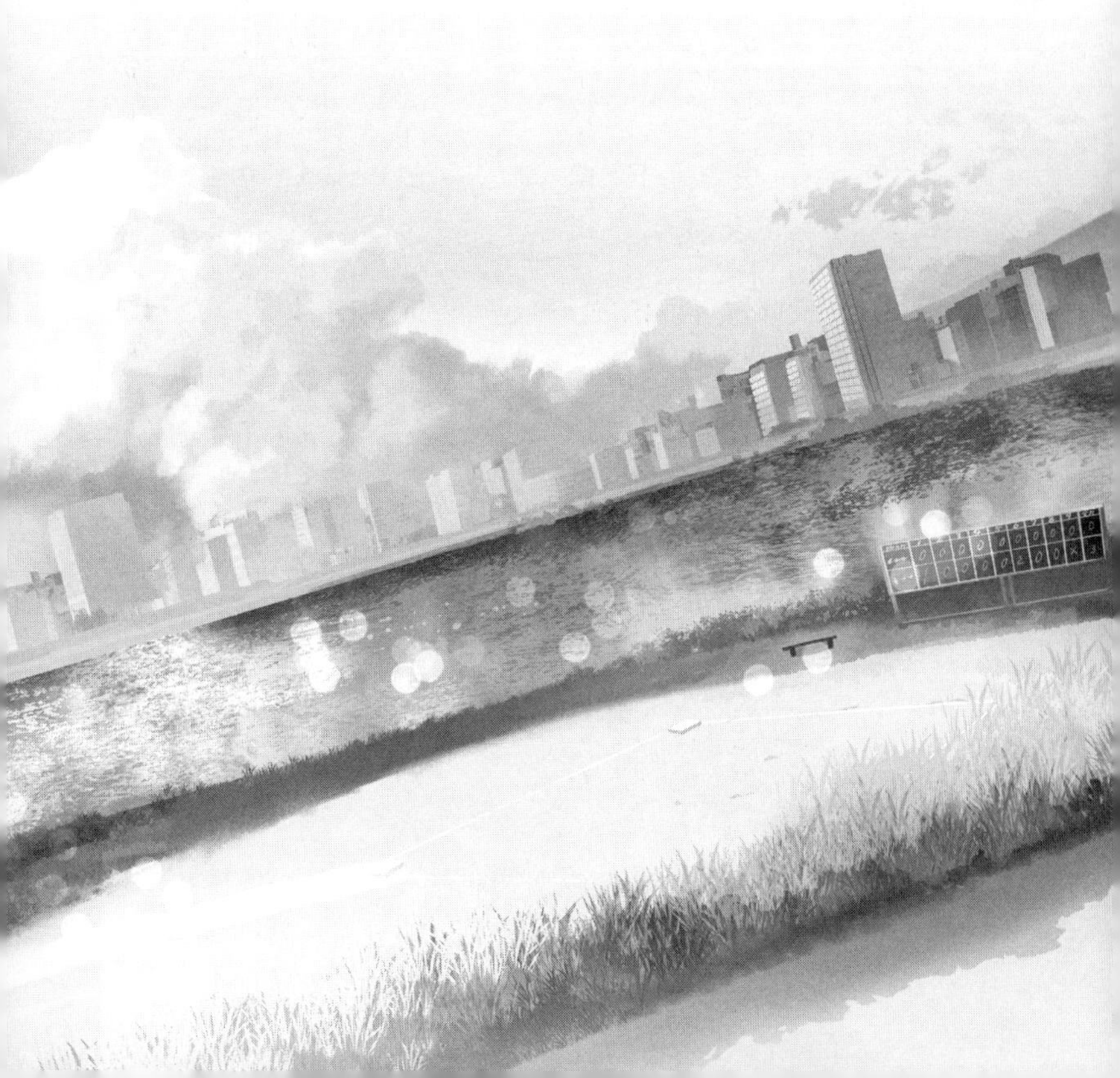

――『あのね、ちょっとだけ体の検査をすることになったの』
電話で里帆から説明されたことは、それだけだった。彼女が入院することになって今日で二週間。その間に学校は冬休みになり、何度も面会を申し出たけれど、感染症対策で許可が下りないと里帆に言われてしまい、俺はまだ一度も会えていなかった。

「よし、全員揃ったな。席は自由でいいけど、遠足気分でいるやつがいたらすぐ降ろすからな」

「「「うーす」」」

野球部員たちの声が重なった後、学校の前に停車していた大型バスへと乗り込んだ。

里帆のことが気がかりで仕方ないのに、今日から三泊四日の合宿に行かなければならない。数年前から取り組むようになったという強化合宿は、別名『地獄の練習』とも呼ぶそうだ。去年参加した二年生がすでに虚ろな目をしている一方で、初参加の一年生はどこか浮かれ気分でいる。かくいう俺も合宿の大変さを知らないので、スマホを触っていた。

【今バスに乗った。これから高速で長野県に行く】

【お疲れー。忘れ物ない？】

【多分。そっちはどんな感じ？】

【さっき朝ご飯食べたよ。見て、すっごく健康的なメニュー！】

里帆が送ってくれた朝食の写真には、魚をメインにした和食が写っている。まるでインスタの写真みたいに斜めから撮影されているせいか、一ミリも里帆の姿は入っていない。……体の検査とは一体なんなのか。いつまで入院して、いつから面会に行けるのか。それさえも聞ける隙がないほど、里帆がくれるメッセージはいつも明るい。

——『女の子系の悩みが前からあってね。月に何回か薬を処方して貰ってるんだよ』

俺はバカだけど、里帆がなにかを隠していることはわかっている。過呼吸で病院に運ばれた時もそうだ。あの時感じた違和感は気のせいじゃないし、里帆が心配かけないように伝えてくる『大丈夫』が『大丈夫』ではないことにも気づいている。だけど、俺はなるべく里帆の前ではいつもどおりの自分でいることを心がけた。それが一番、里帆の笑顔を守れることだと思ったから。

「大渕さんとメール中？」

返信を止めたまま画面を眺めていたら、隣に座っている松田にスマホを覗かれた。

「そーだよ。見るな」

「スマホ使えるの今のうちだよ。向こうの合宿所圏外だし」

「え、マジで？」

「マジマジ。練習に集中するためにあえて電波が届かない山奥を選んでいるらしい。

ちなみにＷｉ－Ｆｉもないし、ポケファイも見つかったら即没収されるよ」

「うわ……」

練習よりもそっちのほうが憂鬱になってきた。そんなことを知らない一年生はバスの中ではしゃいでいて、監督から注意を受けている。その近くではベースボールキャップを深く被り、腕組みをしながら寝ている瑞己が一人で座っていた。

強化合宿の経験者である瑞己に色々と聞くつもりでいたのに、最近どことなく避けられている。今日もまだ喋ってないし、バスに乗る前に声をかけようとしたけれど、気安く近寄れる雰囲気じゃなかった。俺と同じように里帆のことで気を揉んでいるのか、それとも無意識になにか怒らせるようなことをしてしまったのか。

里帆のこともわからない。瑞己のこともわからない。なんだか三人の心がバラバラに離れているような感覚だ。


バスを走らせること二時間。俺たちは合宿所に到着した。松田が言っていたとおり、スマホは電波が入らなくなっていた。学年ごとに振り分けられた四人部屋に荷物を置いて早々、建物の裏にあるスキー場跡地へ向かう。一面真っ白なゲレンデには小高い丘を上がるためのリフトがあるが、当然稼働はしていない。防寒用のウインドブレーカーを着ていても、すでに耳が痛くなるほどの寒さだ。

「まずは準備運動がてらゲレンデを三周。次は雪山の十本ダッシュ。それが終わった順で二人一組のペアを作り、交互におんぶをして追加の二十本行くぞ！」

監督から伝えられたメニューを聞いて絶句した。なめていたわけではないが、これはたしかに地獄の練習だ。

「ハア……ハア、ハア……っ」

全ての走りが終わった後、全員がなだれ込むようにして地面に倒れた。平地でもきついメニューなのに、二〇センチ以上の積雪に足を取られて、声すら出ないほど息が上がっている。足の感覚がないし、もう一歩も動けないというのに、練習はまだ終わらない。

「よし！　じゃあ、体育館に移動するぞ！　十分の休憩の後は筋力アップのトレーニングをするからな！」

「……マジかよ」

室内トレーニングも普段と違い、合宿用のメニューに変わっていた。筋力アップに加えて、基礎練習や反復練習、身体づくりといった個人のレベルアップの時間が夕方までひたすら続く。よく野球は暖かい時はチームづくり、寒い時は選手づくりをする期間と言ったりするけれど、監督も本気で来年の夏を狙いにいっている。それがみんなにも伝わっているからこそ、音を上げるやつはいなかった。

「多分、この合宿が終わったら監督は葉山に背番号をあげるつもりでいると思うよ」

ゲレンデでペアを組んだ松田と俺は、自然と体育館でも隣同士だった。瑞己は体育館の隅で黙々とトレーニングをしていて、相変わらず話しかけられる空気じゃない。

「だったらいいけどな」

「俺も葉山が入部してくれて心強いよ。葉山にだったら、レギュラー奪われても悔しくないし」

「なに言ってんだよ。昔は連投が当たり前だったけど、今はそうじゃない。エース級の選手がたくさん育っているチームが夏のてっぺんに立つ。だから、松田にも頑張ってもらわないと俺が困るんだよ」

夢は一人では叶えられない。そして甲子園という舞台に行けた時、俺もきっと誰かの夢の手助けをしている。みんなで必ず掴みにいく。きつい合宿は精神力を強くするだけではなく、俺の気持ちも確固たるものにしていた。

「そんなにスマホを見つめても里帆には繋がんないだろ」

晩ご飯を食べ終えて、唯一の自由時間。どこかで電波が拾えるんじゃないかと建物内を歩き回り、外だったらいけるかもとバルコニーに出たら、寒空の下で瑞己がぼんやりしていた。

「……知ってるよ。去年も三日間連絡できなかった」

瑞己の声に覇気《はき》がない。それが練習疲れではないことは、顔を見ればわかる。

「俺のこと露骨に避けてたけど、なんか怒ってんの？」

「颯大に対してじゃない。なにもできない自分に怒ってるだけだ」

今日の瑞己は怖いくらいトレーニングに集中していた。そうすることで無心になろうとしているように。

「……里帆のこと、なんか詳しく聞いてる？」

「聞いてたって颯大には教えない」

「なんで？」

なにも答えない代わりに、瑞己は握っていたタオルに力を込めた。そのタオルは里帆がお土産に買ったものだった。

「颯大こそ、あの日里帆に変わった様子はなかったのかよ」

「あの日？」

「この前、一緒に出掛けたんだろ」

「……別に変わった様子はなかったけど」

「あの日の夕方、ロードワーク中ってことにして里帆と会ったんだ。その時に具合が悪くなって、色々と話してくれた」

「ぐ、具合が悪くなったって……」

「自分が一番大変なはずなのに、颯大には言わないでって頼まれたよ。なにがなんでも知られたくないって顔してた」

瑞己がなにを聞いたのか。強く問いただしたところで絶対に口を割らないことはわかっている。なんで里帆は俺じゃなくて、瑞己に話したんだろう。俺よりも信頼があるからなのか。それとも瑞己に対して特別な感情があるからなのか。自分の中の嫉妬心を抑えられずに眉を寄せたら、瑞己にため息をつかれた。

「颯大はなんにも見えてなさすぎるんだよ」

「……どういう意味だよ？」

「里帆が俺に話した理由も勝手に勘違いしてるだろ。俺を通してじゃなくて、ちゃんと里帆のことを見ろよ」

「なんだよ、それ。なんでお前にそんなこと言われなきゃいけねーの？」

思わず、語気を強めた。瑞己に対して嫉妬している俺も悪いけれど、ずっと不機嫌な態度をされて、挙句の果てにこんな物言いをされたら、さすがに腹が立つ。

「言いたいことがあるなら、はっきり言えよ」

「颯大は俺より里帆の近くにいるのに、なんでそうやって鈍いんだよ」

「だから、言ってる意味がよく――」

すると、瑞己から胸ぐらを掴まれた。条件反射で手が出そうになったが、目の前にある顔を見たら引っ込んだ。瑞己が今にも泣きそうな顔をしていたからだ。

「俺は誰よりも里帆が好きだ。颯大よりも好きな自信がある。でも里帆は……」

途中で言うのをやめた瑞己は、ゆっくりと俺から手を離した。

「里帆に会いにいけよ。病室は五〇六号室だから」

バルコニーに風雪《ふうせつ》が吹くたびに、体の芯が冷えていく。先に中へと戻っていった瑞己の背中を、俺はただ見ていることしかできなかった。


三泊四日の強化合宿が無事に終わった。初日は筋肉痛で苦しんだものの、日を追うごとにきつい練習にも体が慣れていき、帰りのバスでも部員たちはみんな元気だった。

「次の練習は一月五日から。その日は始業式があるけど、食堂や売店は開いてないから必ず弁当を持参するように。じゃあ、解散！」

「「ありがとうございましたー」」

学校でバスを降りた俺たちは、エナメルバッグを肩にかけて、それぞれ帰路についた。まだ誰も帰ってきていない家に着いた後、すぐに里帆んちのインターホンを押した。一回目は誰も出なかった。めげずにもう一度鳴らすと、慌ただしく典子おばさんがドアを開けてくれた。

「颯大くん、どうしたの？」

「あ、俺、今部活の合宿から帰ってきて……」

里帆のことを尋ねようとしたが、典子おばさんの足元に置かれているボストンバッグが目に入った。

「これからどっか行くの？」

「あ、う、うん。里帆の着替えを届けに行くのよ」

「……入院、長引くの？」

「まだちょっとね」

典子おばさんはいつもどおり明るかったけれど、ずいぶんやつれた気がする。

里帆がなにかを隠していると薄々気づいていながら、俺はなにもわかっていないふりをしてきた。でも、それでいいわけがない。

「これから病院に行くなら、俺もついていっていい？」

「え、でも……」

「会いたいんだ、里帆に」

里帆が俺に会いたくなくても、俺は会って本当のことを聞かなければいけない。その後典子おばさんが運転する車に乗り込み、大学病院へと向かった。里帆からなんらかの口止めをされている典子おばさんは終始どうしようという顔をしていたけれど、病院に着いて受付を済ませる頃には観念していた。

「颯大くん、これ」

エレベーターの前で渡されたのは、里帆の着替えが入ったボストンバッグだった。

「二人きりのほうがいいでしょう？　私はロビーで待ってるから」

「うん、ありがとう」

里帆の病室はすぐに見つかった。扉の横にあるネームプレートには里帆以外の名前がある。他の患者の面会人がちょうど出てきたこともあり、入れ替わるようにして中に入った。里帆のベッドは窓際にあり、その周りは目隠しのカーテンで覆われている。すぐに開けようとしたが、カーテンに触れる寸前で思い止まった。

「……里帆」

俺は小さな声で名前を呼んだ。もしも典子おばさんみたいにやつれていたら……。

勝手に会いに来たくせに、急に怖くなっている自分がいた。

「え……そ、颯大？」

「うん、俺。おばさんから着替え預かってる」

「お、お母さんは？」

「ロビーにいるよ。俺が無理言ってここに連れてきてもらったんだ。開けていい？」

「ダ、ダメ！」

里帆の声はとても慌てていた。こんなに近くにいるのに、顔を見ることも許してもらえない。

「俺には会いたくない？」

「そういうわけじゃないけど、とにかく今はダメ」

「じゃあ、いつならいいんだよ。瑞己は面会に来てるんだろ？」

「きゅ、急に来られても困るよ。こっちだって色々と準備が——」

「開けるぞ」

里帆の声を待たずに、カーテンをスライドさせた。彼女がやつれていたとしても、俺は顔が見たい。意を決して開けた先にいたのは、上着を半分まで捲り上げて着替えている里帆だった。

「もう、今ブラ着けてるんだから待ってて！」

目が点になっていると、勢いよくカーテンを閉め直された。

「な、な、なんで着けてないんだよ……？」

「今日検査があってそのままだったの」

「だ、だからって……」

無防備すぎだろ。里帆が弱っていることも想定して、色々と顔を合わせた後のことを考えていたのに……。完全に面食らってしまった。

「はい、いいよ」

少しして、里帆がカーテンを開けてくれた。里帆はやつれている様子はなく、俺が知っている顔のままだった。その姿にホッと胸を撫で下ろしながら、俺は静かに椅子へと腰を下ろした。

「汗くさい？」

「ウインドブレーカーってことは、合宿終わりにそのまま来たの？」

「ううん、全然平気。最終日も練習するの？」

「練習って言っても朝の六時から走って、雪山ダッシュを十本してきただけだよ」

「〝だけ〟には思えないけど」

「練習しすぎて、頭がハイになってんだろうな」

その言葉に、里帆がクスクス笑っている。どうして俺に面会はできないと嘘をついていたのか、問い詰めようと思っていたけれど、どうでもよくなってしまった。俺が聞きたいのは、ただひとつ。それを確かめなければ、今日は帰れない。

「なあ、前に俺にさ、野球以外のことは鈍いって言ったの覚えてる？」

「もちろん。今でもそう思ってますから」

「自分で言うのも変だけど、俺は良くも悪くも感情がいつも平坦で、マイペースすぎるんだ」

「うんうん」

「それって直したくても直らないし、多分俺はこれからも鈍いままだと思う。だけど、自分のことは鈍くても、お前のことだけは鈍くなりたくないんだよ」

察しろなんて無理な話で、自分でも嫌になる。俺は頼りないかもしれないし、受け止める器も持っていない。だけど、里帆に会えなくなって、いつも近くにいたのに、急に遠くなった。入院が長引くとしても、心まで遠くなりたくない。

「里帆の体のことをちゃんと教えてほしい」

気づくと、彼女の手を握っていた。里帆は俺の目をじっと見つめた後、おもむろに鞄を膝の上に乗せた。冬休みの課題をやっていたのか、ベッドテーブルに出したのは学校で使っているペンケースとノートだ。

「ここと、ここと、ここに、こんなものがいます」

ノートに書かれたジンジャーマンクッキーのような人型の中には、棘が生えた三つの丸い物体が入っている。それは、体の真ん中ら辺の場所。

「……えっと、ウ、ウニ？」

「違う、ブドウくん！　悪さをするから棘を付けたの。わかりやすく三つにしたけど、他にもあるし、これからも増えると思う」

「増えるって……なんなの、それ」

「……腫瘍だよ。簡単には取れないんだって」

心臓が飛び上がるかと思った。里帆のことだから腫瘍に名前を付けて、明るくいようと心がけていたんだろう。

「いつから……？」

「わかったのは、高一の春」

「もう一年以上前じゃねーか。なんでずっと俺にだけ黙ってたんだよ？」

「…………」

「里帆」

「颯大は、私の心の柔らかい部分に唯一触れられる人だから」

里帆はそう言って、自分の胸に手を当てた。

「他の人だったら大丈夫なことでも、颯大の前だと弱くなる。だから知られたくなかったんだよ」

「別に弱くなったっていいだろ」

「弱くなったら全部がつらくなる。絶対元気になるんだって言い聞かせないと、私がダメになっちゃう」

「……どのくらい悪いんだ？」

「先生からは来年の夏までもたないって言われてる」

頭が真っ白になって、血の気が引いた。——里帆がいなくなる。そんなこと考えたことはなかった。

「でもね、知ってる？　私は颯大以上の負けず嫌いなんだよ」

繋がっていた手を強く握り返された。俺をまっすぐに見る里帆の瞳は絶望ではなく、光に満ちている。

「颯大が野球をやることを選んでくれたから、甲子園の舞台を見るまで死なない。なにがなんでも生き延びてやるんだから」

里帆がいつもの顔で笑った。今まで俺は里帆に貰ってばかりで、返せるものなんてなにもないと思っていた。でも今の俺には野球がある。貰ってきたものを返すことはできなくても、希望を見せることはできるかもしれない。

「……俺になにができる？」

「あの日の夢を叶えて。それで私に笑っている姿を見せてほしい」

「わかった、約束する。必ず、必ず甲子園に行くよ」

攻守交代。守られるのはもう終わり。次は俺が里帆の手を引いていく番だ。

クリスマス、大晦日、お正月。冬の大イベントが一通り過ぎ去り、学校では三学期が始まった。強化合宿ですっかり早起きが得意になってしまった俺の起床時間は、夜明け前の五時。ランニングの距離も五キロからさらに十キロ増やした。

新年を迎えたタイミングで買った下ろし立ての靴。荒川の河川敷をひたすら走って県を越えれば、里帆がいる病院が見えてくる。公道に出て病院の前の通りで足を止めると、五〇六号室のカーテンが少しだけ開いた。こっちに向かって小さく手を振る里帆に応えるように、俺も右手を上げる。

少し遠い朝の挨拶。いつの間にか、それが俺たちの日課になっていた。

「今回はマジで手応えがある！」

朝練終わりに聞く平子の声は、いつも以上に喧《やかま》しく感じる。恋愛体質の平子が次に見つけたのは、冬期講習の塾で知り合った女子らしい。

「やたらと学校生活のことを聞かれるし、その子の志望校が常磐東だって知った時には震えたね。ああ、これ運命じゃんって」

「え、相手って年下？」

「うん。塾に中学生コースもあるんだよ」

「やば、中学生に手出すなよ」

「いや、待て待て。そこは大丈夫。相手すげえ大人っぽいし、俺よりもしっかりしてる子だから」

「じゃあ、中三？」

「多分な」

「聞けよ、そこは」

「最初からあれこれ聞きすぎると嫌われるだろ。俺は今までの失敗から学んでるんだよ。いいか、押しの強い男が許されるのはイケメンだけだ。大事なのは押すんじゃなくて、引くことなんだよ」

また平子流の恋愛論が始まった。空返事を繰り返している中、廊下を歩いている瑞己を見つけた。今日も一緒に朝練をしたし、放課後も練習があるけれど、あの合宿以来瑞己とは話していない。

あの時の様子からして、きっとあいつも里帆の余命を知っている。俺がまだ受け入れられていないように、瑞己も同じ気持ちでいるはずだ。だけど、そのことについてもまだ顔を突き合わせることができない。

――『俺は誰よりも里帆が好きだ。颯大よりも好きな自信がある。でも里帆は……』

里帆とは兄妹同然で過ごしてきて、ある意味身内みたいな感覚があった。里帆に限ってありえないとわかっていても、万が一変な男に引っ掛かったり、誑《たぶら》かされたりしたら、相手の男をぶっ飛ばそうと思っていた。けれど、心配をよそに里帆のことを大事にしてくれそうなやつが現れた。瑞己だったら安心だし、間違っても里帆を泣かせるようなことはしない。

……あいつだったらいいと思った。里帆が付き合う相手が瑞己だったら納得できる。その気持ちに嘘はなかったから、勝手に身を引いた。早く付き合ってくれたら、早めに諦めもつく。だから、とっとと付き合えって思っていた気持ちにも嘘はない。

でも……里帆の一番近くにいられる男が自分だったらいいと考えたことは数えきれない。誰かをぶっ飛ばす準備はできていても、おめでとうを言う準備なんて本当はできていなかった。俺の心の柔らかい場所に触れられるのも、きっと里帆だけなのだ。

放課後の練習が終わって部室を出る頃には、十九時になろうとしていた。俺は歩きながらスマホを取り出して、里帆にメッセージを打った。

【今、部活終わった。腹へった】

【お疲れ様。私の今日の夕食はこれでした！】

【今日も魚？　肉出ないの？】

【お肉が出る時もあるけど、魚のほうが多いかな。あ、入院食の魚って全部骨が抜いてあるの！　作ってくれる人に感謝だよね！】

俺たちの他に里帆が入院していることを知っているのは、教師を除いて日下部明日菜だけらしい。他の人には風邪が長引いて休んでいるということにしてあるみたいだけど、いずれ通用しなくなる。里帆が病気を患《わずら》っていると知ったら、それこそ入院している病院に見舞いに行くと言い出すやつも多いだろう。彼女はそうやって騒ぎ立てられるのをなるべく避けたいのだと思う。

【次はいつ面会に行ける？】

そんなメッセージを送信した後、空に向かって白い息を吐いた。会いたいだけなのに、面会と言わなければいけない歯痒さ。家から見える里帆の部屋の電気はいつも消えていて、突然『颯大！』ってうちに押しかけてくることもない。隣にいるのが当たり前だと思っていた。……当たり前に、思いすぎていた。

「颯大」

突然名前を呼ばれて、慌てて振り向く。里帆かもしれないと期待したけれど、そこにいたのは桃果だった。

「……なんだ、お前か」

「うわ、今の一番女子に言っちゃいけないやつ」

「なんでこんなところにいるんだよ？」

「他校の友達の家に遊びに行ってたの」

バスを使って帰るという桃果を、しぶしぶバス停まで送ってやることにした。最初は「子供じゃないからいい」と突っぱねていたが、暗くなってきた夜道に不安を覚えたのか、最終的には大人しく歩いていた。

「昨日、里帆ちゃんに会ったよ」

「俺は一昨日会ったけど」

「……やっぱり、桃果の勘違いじゃなかったね」

里帆が桃果にどこまで説明しているかはわからない。ただ、桃果は里帆のことを姉のように慕っていたし、里帆もそれを感じていたからショックを与えないために余命のことまでは話していないと思う。

「里帆ちゃん、また元気になるよね？」

「うん、大丈夫だよ」

桃果の不安が広がらないように返事をした。

「……瑞己とは里帆のことで話したりしないのか？」

「話したくてもタイミングがないっていうか。部活から帰ってきてもすぐ走りに行っちゃうし、最近は家にいてもほとんど顔を合わせないよ」

瑞己は話すタイミングを作らないようにしているわけじゃない。なにかをしていないと余計なことばかりを考えてしまうから、あえて体を動かしているんだろう。俺もそうだ。いつものランニングが終わった後、もう一周しに行ったりもするし、暗い気持ちに引っ張られないようにわざと疲れて眠りにつく夜もある。俺には瑞己の気持ちがわかる。俺の気持ちをわかってくれるのも、あいつだけなのかもしれない。

「ねえ、颯大は里帆ちゃんが好きでしょ?」

「なんだよ、急に」

「桃果はお兄ちゃんの妹だから、颯大よりお兄ちゃんと里帆ちゃんがくっつけばいいと思ってる」

「まあ、そりゃ、そうだろ」

「だから二年前の夏、全国大会の優勝ボールを颯大が里帆ちゃんにあげる気だって、桃果がお兄ちゃんに話したの。だって里帆ちゃん、颯大と約束したって嬉しそうに報告してくるからお兄ちゃんが可哀想になっちゃって……」

なるほど。祭りの時に俺への当てつけで里帆にボールを渡したって言ってたけれど、内通者は桃果だったわけか。

「あの夏、お兄ちゃんはさっさと里帆ちゃんに告白すればよかったんだよ」

「うん、俺もそう思う」

「お兄ちゃんから里帆ちゃんを取らないでよ……」

返事をしない代わりに、桃果の頭をくしゃりとした。

「あー、桃果がみんなの一個下だったら同じ学校に通えるし、お兄ちゃんの恋のキューピッドもやりやすいのに！」

「残念ながら、お前はどう足掻《あが》いても四個下だよ」

「でも桃果は意外と策士だから油断しないほうがいいよ」

そう言って見せてきたスマホの画面には、平子のアカウントが表示されていた。

「颯大の友達でしょ？」なんて得意げな顔をされて、俺は思考を働かせる。桃果が平子のアカウントを入手している理由で考えられるのは……。

「大人っぽい中学生ってお前かよ!?」

桃果も塾に通ってるって言ってたし、それが平子と同じ場所なら色々と辻褄《つじつま》が合う。

「もちろん颯大を監視するためだけの目的で交換したわけじゃないよ。いつか常磐東を受験するための情報も聞いてるし、一石二鳥でしょ？」

「ぷはっ、あいつ本当に女運なさすぎだろ！」

久しぶりに声を出して笑ったら、夜空に流れ星が横切った。それはちょうど俺と里帆と瑞己みたいな三つ星だ。……もうあんなふうに三人で並ぶことはできないかもしれない。だけど、俺がいて、瑞己がいて、その真ん中には里帆がいて。春も夏も秋も冬も、全部の季節を俺たちは横並びになって過ごしてきた。もう流れ星は見えない。だけど、また三人の時間が重なってほしいと、強く強く空に向かって願っていた。

♣

颯大は昔から同級生より頭ひとつ飛び抜けて運動神経がよかった。サッカーもドッジボールもかけっこも鬼ごっこだって、彼に勝てる人は誰もいなかった。

『あーなんか面白いことないかな』

なのに、颯大はいつもつまらなそうにしていた。なにかが足りない。なにかが満たされないような顔だった。

『……瀬戸瑞己です……。よろしく……お願いします』

自信なさげに背中を丸くして、やってきた転校生。積極的に瑞己に声をかけたのは、なかなかクラスになじめていなかったからじゃない。なにかが始まる気がして、なにかを変えてくれる予感がした。

退屈そうにしている颯大を楽しませてくれる人。

ううん、違う。瑞己は颯大を、唯一本気にさせることができる人。

「もう里帆ってば、こんな時くらい勉強しないで休みなよ」

今日は明日菜が病室に来てくれた。中間テストの範囲を教えてほしいと私がわがままを言ったからだ。

「ちゃんと休んでるよ。逆に休みすぎてるくらい」

「はい、これも先生から預かってきた課題」

「わーありがとう！」

「課題をもらって嬉しそうにするのは里帆だけだよ」

カレンダーが二月になり、学校ではそろそろテスト勉強が始まる時期。先月から休んでいる私はもちろんテストは受けないし、課題の提出も必要ないけれど、勉強していたほうが落ち着くと明日菜に伝えたら、「そんなのやっぱり里帆だけだよ」と笑われた。

「そういえばここに来る途中に、里帆がバイトしてたカフェの前を通ったよ。お客さんでいっぱいだった」

「でしょー？　もっと流行ってほしいな」

入院が決定したタイミングで、バイトは辞めさせてもらった。短い間だったにもかかわらず、バイト先の人たちは『元気になったらお客としておいで』と優しい言葉をかけてくれた。そして長期入院に伴い、部屋も個室になった。これからはここで緩和《かんわ》ケアというものをしていく。つまりそれは、もう治療せずに最後の時を待つという意味でもあった。

「里帆の要望どおり、学校のみんなにはうまく言っておいたよ」

「うん、ありがとう」

私は先日、学校に休学届を出した。余命のことは明日菜にもまだ言えてない。きっとあとでうんと怒られると思う。だけど、悲しい顔より、明日菜にはずっと笑っていてほしいから、これも私のわがままだと思って、いつか許してほしい。

「ナジミーズたちは会いに来てる？」

「うん。これから瑞己が来る予定になってるよ」

「あの二人学校で全然話してないみたいだけど、喧嘩でもしてるの？」

颯大と瑞己の間に溝ができていることには、もちろん気づいている。お互い鉢合わせしないように時間をずらして面会に来たりするし、私に話してくれる近況報告の中に、お互いの名前はない。

「まあ、ナジミーズって面白いくらい正反対って感じだから、逆に今までよく気が合ってるなって思ってたくらいだけど」

「ははっ」

「え、笑うところあった？」

「私は颯大と瑞己以上に似てる人なんていないと思ってるよ」

「えーどこが？」

「それは私だけの秘密」

頑固で、まっすぐで、野球が好きな二人は似ているからこそ、ぶつかってしまう。

でも、私はそこが二人のいいところだとも思っている。


――コンコン。明日菜と入れ替わるように瑞己がやってきた。彼はこうして部活が早く終わった日や休日にも顔を見せに来てくれる。

「今日の体調は？」

「見てのとおり元気だよ。瑞己のほうの練習はどうだった？」

「今日は常磐東のＯＢが来て、五分間ゲームした」

「どういうゲーム？」

「強豪中学校が取り入れている練習法で、一回表と裏を五分以内に終わらせるんだ。一球の間合いが短くなるから敬遠なんてできないし、普段見逃している球も積極的に振れるようになる。まあ、要するに速いテンポの試合に慣れるための練習だよ」

「へえ、なんか面白そう！」

「あとＯＢの中にプロの人がいた」

「ええっ⁉」

「高校では声がかからなかったらしいんだけど、大学野球でドラフト候補になって、そのまま球団入りしたみたい」

「そうなんだ！　なんか同じ学校の卒業生でプロの人がいると知り合いじゃなくても自慢したくなっちゃう」

「うん。ドラフトは年齢の上限がないから夢あるよ。三十歳で中日ドラゴンズに入団した選手もいるし」

「瑞己はプロに興味ある？」

「……うーん、どうかな」

少し前の瑞己だったら絶対に『ある』と即答していたはずなのに、未来の話をすると途端に表情を強張らせるようになった。

――『……お願い、颯大にだけは言わないで……っ』

病気のことを包み隠さずに話した時、彼の瞳から光が消えた。私はどれだけ瑞己を傷つければいいんだろうと胸が痛かったし、今でも苦しい。

「俺がここまで野球を頑張ってきたのは、里帆がいたからだよ」

瑞己はそう言って、私の右手に触れた。今でこそ彼は四番打者として活躍しているけれど、最初からすごかったわけじゃない。バットの握り方さえ知らず颯大に一から教えてもらって、細かいことも全てメモを取っていた。その真面目さは、今も変わっていない。

「里帆のことが大切だから、ずっと俺の傍にいてほしい」

瑞己はいつでも私と真摯《しんし》に向き合ってくれたから、その気持ちに応えたい。

「私は瑞己のことを恋愛対象としては見られない。ごめんね」

言葉を濁さずに伝えると、彼はなぜか少しだけ微笑んだ。まるで私の返事を知っていて、早く言ってもらえるのを待っていたかのように。

「里帆の気持ちは最初からわかってた。わかってはいたけど、もしかしたらっていう期待もどこかにあった。だから、はっきり言ってもらえてよかった」

「瑞己……」

「もう隠し事はなしなら、ひとつだけ聞きたいことがあるんだけどいい？」

「もちろん、なんでも聞いて」

「中三の夏、俺が優勝ボールをあげた時、本当はどう思った？」

――『俺、絶対に優勝する。優勝ボールも里帆にプレゼントするから』

颯大が約束してくれた時、舞い上がりすぎて桃果ちゃんに自慢した。『颯大が優勝ボールをくれるんだって！』と、まだ試合すら始まっていなかったのに、勝手に貰える気になっていた。

『里帆、俺からのボールを受け取って』

瑞己から渡された時、戸惑う気持ちはあった。だけど、それは半分だけ。もう半分の感情は……。

「素直に嬉しいって思ったよ」

「本当に？」

「当たり前だよ。瑞己が頑張ってたの知ってるもん」

彼の努力が報われた。仲間を信じて、チームで勝ち取った全国大会の優勝は、今でも胸に焼き付いている。

「じゃあ、颯大が俺にさよならホームランを打たれた時は？」

「それはちょっと意地悪な質問だなあ」

「なんでも聞いてって言った」

「そうだね、言ったね。瑞己にさよならホームランを打たれた時は、胸がぎゅっとなった。ボールじゃなくて、颯大がアルプススタンドに飛ばされたような気持ちがしたよ」

夢中になれるものを見つけて、熱くなれるものに出会って、少し周りが見えなくなってしまうこともあったけれど、颯大が颯大らしくいてくれたらそれでいいと思っていた。だから、瑞己に打たれたホームランを見上げていた颯大の顔が忘れられなかった。颯大の中にあった熱いものが冷えていくようで、このまま空っぽになっちゃうんじゃないかって怖かった。

「でも俺は過去に戻ったとしても、颯大の球を打つよ。それでバットは振れても里帆には振られるのが怖くて、なにも言えないまま優勝ボールを渡すんだ」

瑞己はどこか吹っ切れたような顔をしていた。彼はきっとこれから想像もできないほど大きくなっていくのだろう。誠実で、ひたむきで、努力の天才。そんな瑞己はずっと私の憧れの人だ。

⚾

代わり映えしない入院生活に息が詰まってきた頃、私は一時帰宅できることになった。期間は二日間だけ。一日目は久しぶりの家族団欒《だんらん》の時間を過ごして、二日目は足腰が悪くてこっちに来ることができないおばあちゃんに会いに行った。そして正午過ぎ、家に帰ってきて早々に出掛けようとする私を見て、お母さんに呼び止められた。

「ちょっと休んでから行きなさい」

「ダメダメ。私からアポを取って時間まで指定したんだから遅れずに行かないと！」

これから行く場所は、ちゃんとお母さんたちには話してある。お父さんは車で送ってくれると言ったけれど、自分の足で行きたかったから断った。

「……里帆、気づけなくてごめんね」

忙しなく靴を履いて外に出ようとしたら、お母さんからそんなことを言われた。

倦怠感が続いていた時、ただの風邪だと思って、すぐ病院には行かなかった。市販の薬を飲めばなんとかなるだろうと軽く考えていたし、お母さんも暫く寝ていれば元気になるわよって笑っていた。うちだけじゃない。ほとんどの人がそうだと思う。誰だって自分が大きな病気にかかっているなんて夢にも思わない。

もしも早く病院に行っていたらなにかが違ったのではないか。手遅れにならずに腫瘍を切除することもできたのではないかと、私よりもお母さんのほうが後悔している。

「私のほうこそ、ごめんだよ。お母さん」

涙を堪えながら振り向いた。病気になってごめん。親より先に死んでしまう娘でごめん。大人になっていく私を見せたかった。もっと長く、お母さんとお父さんと一緒にいたかった。

「……里帆っ」

お母さんから強く抱きしめられた。私の前では気丈に振る舞っていても、陰でたくさん泣いていたことは知っている。残り少ない時間でなにができるかはわからない。でも、私にはまだやり残したことがある。

「お母さん、私ね、夏が来るのが楽しみなんだ」

生きられないと告げられた夏なのに、待ち遠しくて仕方ない。

「颯大と瑞己が一生懸命夢を追いかけてるから、私も最後まで一生懸命生きるって決めたの」

　そんな自分を見せていくことが、私にできる最初で最後の親孝行だと思うから。


　家を出た後、ゆっくりと目的地に向かって歩いた。今は潰れてしまったけれど、小さい時によくお母さんと行っていたコロッケ屋さん。夏はメロンソーダ、冬は大好きなココアが売っている自動販売機。猫じゃらしを魔法のステッキみたいに振り回していた通学路。いつも吠えてくる犬がいた家。秋になるとキンモクセイの匂いがした公園。目に映る風景とともに、ひとつひとつの思い出を噛《か》みしめて進んだ。


「大渕！」

　母校の小学校に着くと、門の前に六年生の担任をしてくれた有山《ありやま》先生が立っていた。

「わあ、先生、お久しぶりです！」

「急に連絡をもらって驚いたよ。えっと、五年ぶりくらいか？」

「そうです、そうです。有山先生、全然変わってないですね」

「大渕は変わったな。すっかりお姉さんになった」

「そんなことないですよ。私、ちょっと早く来すぎたかもしれません。まだ生徒が残ってる時間ですよね……？」

「いや、今日は午前授業だったから生徒はもういないよ。土曜が参観日だったからその振替で」

「参観日！　懐かしい！」

「誰もいないから、あとで教室も見ていいよ」

「ありがとうございます」

事前に電話をしていたおかげで、スムーズに学校の敷地内に入れてもらえた。まだ仕事が残っているという先生と別れて、まずはグラウンドに向かった。

自分ノートの七番目。私はその願いを叶えるために、ここに来た。

「たしかこの辺だったような……？」

貸してもらったスコップを使って掘り始めた場所は、目印である桜の木の下。小学校を卒業する少し前、私たちのクラスはみんなでタイムカプセルを作った。

一人一個ずつ缶を用意して、その中に思い出のものを詰め、見失わないようにとこの辺に埋めたのだ。みんなで掘り返そうと決めたのは、三月の第二月曜日。高校の卒業式が終わった後に集まる約束を交わしたけれど、私は有山先生に無理を言って、今日自分のタイムカプセルを取り出す許しを得た。記憶の糸を辿《たど》りながら慎重に探していると、見覚えのあるお菓子の缶を見つけた。

「あ、これだ……!!」

目立つようにと、わざわざ赤いパッケージのクッキー缶をお父さんに買ってもらったから間違いない。被さっている土を手で払いながら缶を取り出す。年月で多少歪んでいたけれど、缶はすんなり開いた。

中に入っていたのは、友達と撮った写真に、お気に入りだったシャーペン。金賞を取った習字の半紙に、学校の募金活動で貰った赤い羽根。当時の私が大切にしていたものばかりだった。そんな中で、三通の手紙を見つけた。


【十八歳の私へ】

【十八歳の颯大へ】

【十八歳の瑞己へ】


タイムカプセルを無事に掘り返した私は、六年一組に向かった。

座ったのはちょうど教卓の前、五年前の自分の席だ。六年生の時、颯大と瑞己とは違うクラスだった。私だけ仲間外れにされたみたいに二人だけが同じクラスになって、暫くふて腐《くさ》れていたのが懐かしい。約束より一年早いけれど、私は十二歳の自分が書いた手紙を開いた。

十八歳の私へ

私は今十二歳です。六年後の自分なんて想像できないし、もう大人の仲間入りなんて信じられないけど、聞きたいことがたくさんあるので全部書きます！

中学校は楽しかったですか？
私はもうすぐ中学生になるけど、なんの部活に入ろうか悩んでいます。

高校は行きたい学校に行けましたか？
受験は大変だって聞くし、今からとっても不安……。

今は大学生ですか？　それとも社会人ですか？
どんな大人になっているか、すごく気になります。

颯大と瑞己とは、今でも幼なじみですか？

幼なじみが終わることってないとは思うんだけど、十八歳になった私の隣にも二人がいてくれたらいいなって思っています。

それと、最後に三つの質問です。

好きな人はいますか？
好きな人は変わっていませんか？
好きな人に好きって言えましたか？

もし言えてないとしたら、十二歳の私からエールを送ります。

フレーフレー！　頑張れ、私！

今もこれからも、幸せでいてね。

六年一組　大渕里帆

「……まさか自分に泣かされるとは、思ってなかったな」

溢れてくる涙を拭いながら、手紙を抱きしめた。好きな人は変わっていない。五年経っても、なにも変わることがなかった自分が、なんだかとても愛おしい。

私は颯大と瑞己宛ての手紙も開いた。これを書いた時のことは今でもよく覚えている。かの有名な夏目漱石が愛の言葉を『月が綺麗ですね』と訳したように、好きに変わる言葉を自分なりに考えた。

『きみの夢を見たよ』『わざと傘を忘れた』『大好物のコロッケをあげる』

颯大と瑞己のことが大切だよって表現しようとすればするほど、伝えたい言葉からは遠ざかった。あの二人に対する気持ちなんて、きっと大きすぎて全部を表す言葉なんて見つからない。だから、一言でいいと思った。

「もう、直球すぎだって」

思わず笑みがこぼれた。タイムカプセルを掘ったら渡そうと思っていた手紙は、一年早く私の手の中に戻ってきた。色々と予定どおりにはいかなかったけれど、二人宛ての手紙は必ず違う方法で渡そう。十二歳の私と、十七歳の私からの想いを込めて。

8
始まりの匂いがする

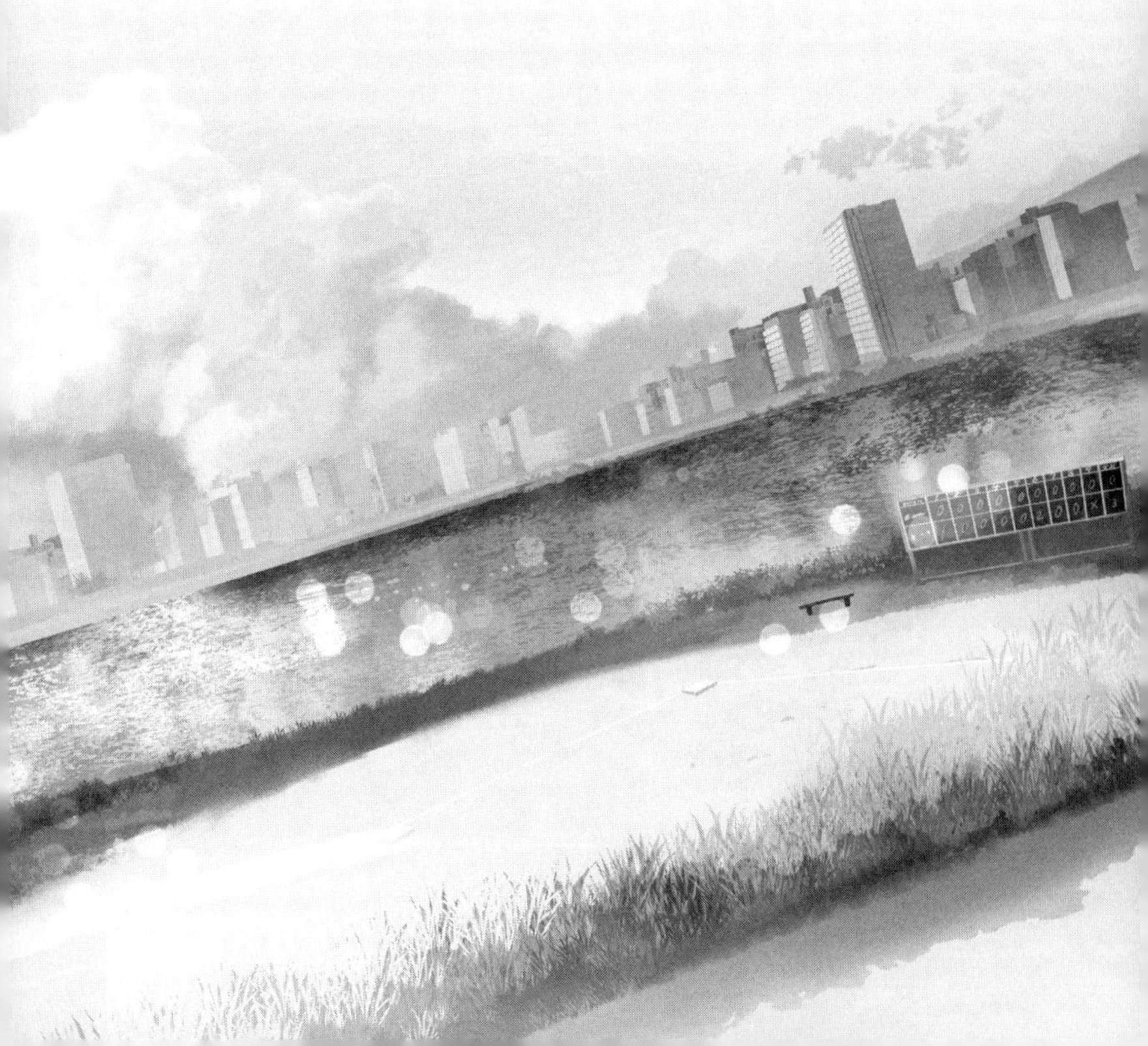

今日は朝から雨が降っていた。設定したアラームより早く起きた俺は、撥水加工《はっすいかこう》のウェアを着て外に出る。アスファルトから香る湿った匂い。走るたびに新しいランニングシューズは汚れていき、冷たい雫《しずく》が激しく顔を濡らしていった。

「ハア……ハア」

里帆の病院の前に着いて、深く被っていたフードを後ろにずらした。晴れの日より少し時間がかかったからなのか、窓に里帆の姿はない。……なにかあったんだろうか。不安になってスマホを取り出したら、ちょうど彼女からの電話が鳴った。

『颯大、ごめん。今日はおはようの挨拶できない……』

里帆は布団に潜《もぐ》っているのか、声が少しだけ籠っている。

「ど、どうした？　具合悪い？」

『ちょっとだけ体が痛くて、ベッドから出られないの。あ、でも寝込むほどじゃないから心配しないでね』

そう言われても、心配でたまらない。里帆の体調を考えて、面会に行けるのは多くて週三日。この前のように一時帰宅が許されるのは稀のようで、暫くはまた長い入院になるそうだ。

『雨の中、来てくれたのにごめんね』

「別に俺が勝手に来てるだけだから」

『風邪ひかないでね』

「そんなにやわじゃねーよ」

『ねえ、颯大。今日がなんの日かわかる？』

「え？」

『バレンタインだよ』

「あーそっか。忘れてた」

『チョコを貰う予定は？』

「毎年お前がくれる以外、今年も予定はないよ」

『実は私も今年は用意できなかったんだ』

「嘘、嘘。いいよ、そんなの」

『ゲホ……ゲホゲホっ』

「おい、大丈夫か!?」

『あはは、むせちゃった。もう看護師さんが来るからまたね』

　繋がっていた電話が切れて、俺は里帆の部屋を見上げる。個室へと移動になって、彼女の部屋はさらに高い七階になった。無駄にいい視力のおかげでカーテンを開けてくれたら、小さくてもその姿を捉えることができる。だけど、今日はカーテンが閉まったまま。……顔を見たいだけなのに、今はもう簡単に会うことはできない。

――『じゃーん！　私からのバレンタインです！』

いつから里帆が俺にチョコをくれるようになったのか正確には覚えていないけれど、少なくとも小学生の頃は毎年欠かさず渡してくれた。年齢とともにちょっとずつチョコが豪華になっていくので、ある年のバレンタインにこう聞いた。

『これ、いつもどこで買ってんの？』

そうしたら里帆は『もう颯大にはチョコあげない！』って、えらく怒った。彼女からのチョコレートが毎年手作りだったと教えられたのは、里帆が怒った理由を瑞己に聞きに行った時だ。そんなことを知らなかった俺はホワイトデーも適当だったし、忘れることもあったけれど、瑞己はちゃんとハンカチやメモ帳など、里帆が好きそうなものを返していた。結局、俺は瑞己みたいに振る舞うことができなくて、去年も里帆からチョコを貰ったが、ろくに礼も言わなかった。無神経な言葉や態度で傷つけてきたことが山ほどある俺とは違い、瑞己はどんな時も里帆を大切にしていた。

――『颯大的に、俺たちが付き合ってもいいのかって話なんだけど』

茹《う》だるように暑かったバッティングセンターでの一幕を思い出す。あの時、俺は許可なんて取らなくていいと言った。今でもそう思っている。だけど、今あの日の返事をするなら――ダメだよ。付き合うなんてダメに決まっている。

雨は放課後になっても降り止まなかった。部活はグラウンドから室内になり、練習場が使えるかどうかは他の運動部たちとのジャンケンで決まる。キャプテン同士の勝負の結果、野球部は体育館へと繋がる通路で筋トレをすることになった。

「ほぼ野外じゃん……！」

仲間たちの言うとおり、通路に屋根は付いていても雨樋《あまどい》から流れてくる水が滝のように入ってくる。俺は室内練習用の軟らかいボールを壁に向かって投げながら、瑞己のことを見た。喧嘩するのは初めてじゃないし、俺が勝手に野球を辞めた時も同じようにして怒っていたけれど、あの時は里帆がいた。

仲直りしろなんて野暮なことを言わない代わりに、俺の前で毎日瑞己の名前を出してきた。あいつの前でも同じことをしていたと知ったのは、喧嘩熱が冷めて普通に話せるようになってからだ。今思えば、里帆が俺たちのバランスを綺麗に保ってくれていた。だから、うまくやれていた部分もある。

じゃあ、逆に里帆がいなかったら、俺たちはどうなっていたんだろう。クラスで浮いていたあいつに声をかけなかったら、幼なじみじゃなくて、ただの同級生になっていたんだろうか。里帆が俺たちを繋いでくれたのだとしたら、これからどうやって関係を続けていけばいいのか。むしろ瑞己はもう俺と関わる気がない可能性も……って、アホらしい。

そもそも幼なじみの前にあいつは友達だ。そして、同じ夢を追いかけている仲間でもある。うだうだ考えるのは性に合わないし、瑞己とこのままでいる気もない。

壁から跳ね返ってきたボールを捕っては投げるを繰り返したのち、俺はそれを瑞己に向かって投げた。——ぽんっ。我ながら見事なコントロールで、ボールはあいつの頭に当たった。瑞己が黙ってこっちに視線を送ってきた。無言で投げ返してきたボールをまた頭に命中させたら、さすがに反応した。

「なんだよ……！」

「部活が終わったら河川敷に来い」

「……なんで？」

「お前だって、俺に言いたいことがあるだろ？」

振り返れば、俺たちはあの夏から拗れていた。どうでもいい存在じゃないからこそ、色々なことに決着をつけるべきだと思った。

⚾

小雨になってきたとはいえ、荒川の河川敷は閑散《かんさん》としていた。いつも草野球で盛り上がっている練習場へと下りる。誰かの忘れ物なのか、地面の上にロジンバッグが落ちていた。ピッチャーが滑り止めのために使う白い粉が入った袋だ。それを右手で転がしていると、しぶしぶといった顔で瑞己がやってきた。俺は握っていたロジンバッグを足元に落とす。風で舞う白い粉が消える頃には、瑞己と対峙《たいじ》する形になっていた。

「俺、ずっと颯大に腹が立ってた」

ここまで来る間に覚悟を決めていたように、瑞己が矢継《やつ》ぎ早《ばや》に話し始めた。

「俺に野球を教えてくれたのは颯大なのに勝手に辞めていった時も。なにをしても里帆は離れていかないって思っているところも。病気のことを颯大には言わないでって、里帆から頼まれた時も。俺はずっと颯大にムカついてた」

粘り強さ、我慢強さ、忍耐強さ。それらを瑞己はバットを振ってきた数だけ身につけてきた。広い心でなんでも受け止めてくれる。俺もそんな瑞己に甘えてきた人の一人だ。

「じゃあ、一発殴っていいよ。俺はお前の気持ちを知ってたのに里帆を好きになった。いや、好きだったのに隠してた。だからお前には俺を殴る権利がある」

迷いなく伝えると、瑞己は躊躇《ちゅうちょ》なく俺の頬を殴った。重いパンチに体が少しだけ傾く。その勢いのまま、俺も拳《こぶし》に力を入れた。

「じゃあ、お前も歯食いしばれよ」

そしてお返しのように、瑞己の右頬に一発入れた。人を殴ったのはこれが初めてだけど、俺のパンチもそこそこ重量があったと思う。

「な、なんで颯大も殴るんだよ!?」

「痛み分けだよ。俺だってお前にムカついてたし」

以前瑞己は、俺に嫉妬していたと言っていた。だけど、それ以上にこいつに嫉妬していたのは俺のほうだ。

「俺が二年間野球から離れたのは、お前のせいだよ」

「それは俺じゃなくて、自分の問題だろ?」

「そう。俺はお前を通して自分の問題に気づかされた。どうやってもお前にはなれないっていうコンプレックスも瑞己がいなかったら持たずに済んだんだ」

きっと、そのコンプレックスはこれからも消えない。瑞己との差は、縮まるどころか広がっていく一方だ。

「俺は……俺はずっと颯大になりたかったよ」

糸のような雨が、赤くなった瑞己の頰を濡らしていた。

「野球を教えてもらってる時も。早くからマウンドに立って活躍している姿を見てた時も。里帆と生まれた時から一緒にいる颯大になりたいって、何度も何度も思ってた。俺だったらよかった。俺が最初から里帆の幼なじみがよかった……」

弱々しい声を出す瑞己は、まるで転校してきたばかりの頃みたいだった。

「俺だって、ずっと里帆と二人だけの幼なじみがよかったよ」

最初から気に入らなかった。里帆が俺よりも瑞己のことばかりを気にしているから、一回だけ遊んでやって終わりにするつもりだったんだ。なのに、いつの間にか一緒にいるようになった。里帆と二人だけでよかったはずなのに、三人でいることが俺の日常になった。

「お前がいなかったら、俺は本当になにも気づかずにいられた。でもお前がいたから……俺は色んなことに気づけたんだよ」

野球のことも、自分のことも、里帆への気持ちだってそう。自分だけがよければいいと思っていた頃は楽だった。瑞己がいなければ、俺はずっと頑張らないでいられたと今でも思っている。一人で完結していた世界も、それなりに楽しくやっていた。

戻りたいと思う『あの頃』と、戻りたくないと思う『あの頃』がちょうど半々で、楽しさも苦しさも知った。過去より今を。今より未来を輝かせたい。そう思えるようになったのは、里帆と瑞己がいたからだ。二人がいるから、楽をしないで頑張りたいと思える。コンプレックスは闇じゃなくて光にもなるんだ。

「瑞己、俺と勝負してくれ」

鞄に突っ込んできたバットとボールを出した。瑞己にバットを渡した後、俺はマウンドに立つ。野球はチーム戦でもバッターが打席に入れば、そこは一対一の空間だ。

俺の思いに応えるように、瑞己はバッターボックスに入った。文字通り一球入魂《にゅうこん》。一回きりの真っ向勝負。

「来い、颯大」

瑞己がバットを構えた。俺はあの日、必ず三振が取れると確信していたコースに投げた。自分の力を過信して、瑞己の力を見くびって、勝負しなかった。

「行くぞ、瑞己」

滑り止めが付いた右手で球を握る。雨が止む。風が消える。雑音も聞こえない。四本の指をボールの縫い目にかけた。フォークでも、スライダーでもない。俺が瑞己に投げたかったのは、ど真ん中のストレート。

『颯大のボールは本当に速いな』

『だろ?』

『頑張れば、いつか打てるようになるかな?』

『バカ、簡単には打たせねーよ』

『打てたらどうする?』

『うーん、そうだな。俺のライバルにしてやるよ』

「颯大。俺は颯大の球が打ちたくて強くなったんだ」

カキーンッ!!

右手から離れた球は、あの日よりも高く高く飛んだ。空は雲ひとつ見えない灰色なのに、二年前の夏のような青空がそこにあるような気がした。

「やっぱりお前はすげえよ」

あまりに清々しくて、力が抜けた。その場にへたり込んだら、俺と同じような顔をして瑞己が手を差し出してきた。その手を握ると、練習してきた勲章《くんしょう》が数えきれないほどあった。

「俺の勝ちだ」

「ああ、俺の負けだよ」

長かった喧嘩が終わっても、勝負は終わらない。追われるほうから、追いかけるほうへ。今度は俺がライバルだって、瑞己に思ってもらえるように努力していく。

「颯大、絶対に甲子園に行こう。自分たちのためじゃなくて、里帆のために」

「当たり前だ」

同じ人を好きになった。こんなことを言ったら変だって笑われるかもしれないけれど、瑞己と同じ人を好きになれてよかったと思う。最高の幼なじみで、最強のライバル。いつの間にか上がっていた雨は、俺たちの心みたいに晴れやかだった。

蕾《つぼみ》だった桜が芽吹き、俺は三年生に進級した。仮入部を経て正式に野球部に入った一年生は三十六人。想像を上回る人数が来てくれたことで、常磐東の野球部は今までにないほどの大所帯となった。

「っしゃあ！　やるぞーー!!」

大声を出しているのは、後輩ができた二年生だ。ウォーミングアップの後、俺たちは定期的にやっている紅白戦を一年生も交えてやることになった。九人ずつの計十八名、ゲーム数は五回。なるべく多くの新入生に経験を積ませる練習のはずが……。

「おい、葉山！　お前のせいで部員が減ったらどうすんだよ！」

ベンチに座っている仲間から次々と野次を飛ばされた。両者一点ずつのまま三回を迎え、松田から俺にピッチャー交代。バッターボックスに立つ一年をツーストライクに追い込み、最後はバックスピンをかけたスライダーを決めたところ、さっきの文句が返ってきたというわけだ。

「うるせーな！　あのくらいの球でビビってたら公式戦なんて出られねーぞ！」

性格と口の悪さがまた出てきてしまったけれど、これはしっかりと愛のある檄《げき》だ。

「抑えられても、また取りにいけばいいんだよ」

次に打者として瑞己が出てきた。有言実行、投げた球は容赦なく打たれ、一、二塁間をワンバウンドしながら転がっていく。

「瀬戸、回れ回れーっ!!」

またベンチから、やんややんやと声が飛び交う。騒がしくなった野球部員の士気は、今までにないほど高まっていた。

「颯大、片づけはいいから先に上がっていいよ」

盛り上がった紅白戦が終わり、地面の土をならすためのトンボを手に取ったら瑞己に奪われた。

「今日、里帆のところに行く日だろ?」

俺たちは面会が許された日に、交代で顔を見せに行くようにしていて、そういうことも相談できるようになった。

「面会は八時までだから急げよ」

「サンキュ、あとは頼むな!」

部室から鞄を持って、病院まで走った。院内のエレベーターはいつも混んでいて、一階に降りてくるまで時間がかかる。俺は踵を返して、里帆の病室がある七階まで階段を駆け上がることにした。彼女の部屋の前に着いて静かにノックすると、中から穏やかな声が聞こえた。

「颯大でしょ？　入っていいよ」

扉を開けると、ベッドの上にいる里帆と目が合った。彼女はもう化学療法はしていないが、薬だけは飲み続けている。副作用で大変な時もあれば、なにも症状が出ない日もあり、里帆はいつも『病気は野球と同じで一進一退』と言っている。

「ノックしたのが俺じゃなかったら、どうすんだよ？」

「もう廊下を歩いてくる足音でわかるよ」

「マジ？　うるさい？」

「ううん、大きくて嬉しい」

彼女が柔らかく笑った。元々痩せ型ではあったけれど、里帆は前に比べるとずいぶん小さくなってしまった。俺の前では変わらず明るく振る舞っていても、食欲不振が続いていることは、典子おばさんから聞いている。

「ねえ、颯大、アレ見せてよ。私が元気になるやつ」

部活帰りに会いに来ると、彼女は必ずこれを言う。俺はジャージの上着を脱いで背中を見せた。野球のユニフォームには、背番号一のゼッケンが付いている。夏の甲子園出場をかけた地方大会まで二か月。最初に沖縄大会が開かれ、次に東北、関東、埼玉大会は七月上旬に控えている。まだ正式な選抜メンバーは決定してないけれど、うちの野球部にピッチャーが少ないこともあり、俺は監督から早めに背番号を貰った。

「ふむふむ、我ながらいい感じに縫えてますね」

背番号を付けてくれたのは里帆だ。一番に報告しようと背番号を見せたところ、

『私が縫いたい』と言ってくれたのだ。

「それを付けてると、つねに背中からプレッシャーを感じるでしょ？」

「どうりで肩が重く感じるわけだ」

「え、本当に!?」

「冗談に決まってるだろ。プレッシャーじゃなくて、いつも背中を押してもらってるよ」

「なんか……最近の颯大って妙に素直」

「大人になったって言え」

「もう三年生だもんね」

「お前も三年生だよ」

新学年を迎えて、同時にクラス替えも行われた。平子とは離れ、瑞己とも引き続き分かれたが、俺は里帆と同じクラスになった。休学していても彼女の席は教室にあるし、ロッカーに名前だって書いてある。

「中学は三年間同じクラスにならなかったし、小学校の六年生も違ったから、実質七

年ぶりのクラスメイトってことになるよね」

「うん」

「颯大が授業中に居眠りしてるところ見たかったな」

「寝てないかもしれないだろ」

「寝てるに決まってるよ。あー私も学校に行きたい！」

里帆はフットワークが軽くて、どこにでもすっ飛んでいくような性格だから、自由に外出することもままならない生活は相当息苦しいはずだ。

「なあ、俺にしてほしいことってある？」

「えーどうしたの、急に」

「なんとなく、なにかないのかなって」

「逆に颯大は、私にしてほしいことある？」

「え、急に言われても困る……」

「でしょ？　颯大にしてほしいことはないよ。こうして会いに来てくれるだけで私は十分だから」

もっと話していたいのに、時計の針は八時になろうとしていた。廊下からは他の患者の見舞い客が帰っていく声が響いている。俺もそろそろ病室を出なければいけない。

また明日なんて言わなくても会えていた頃は、時間なんて気にしなかった。今は一分一秒がたまらなく惜しい。

「じゃあ、またね」

帰りづらそうな俺を見て、里帆のほうから先に別れの言葉を口にした。寂しさを必死に隠して部屋を出る。扉が閉まるのと同時に、中から咳《せき》が聞こえた。

「……ゲホ、ゲホゲホっ」

彼女の体が日に日に悪くなっていることは、わかっている。俺が知らないところでたくさんの薬を飲んでいることも、本当はベッドから起き上がって話すことも苦しいはずだ。

里帆は俺たちが甲子園に行けることを信じているし、夏が来るのを心待ちにしている。だけど俺は……どこかで夏なんて来なければいいと抗《あらが》っている。里帆の命がもたないと言われている夏。なにがなんでも生き延びると約束してくれた夏。その夏が来なければ、里帆はずっとここにいてくれるのではないか。余命なんてなかったことになって、これからも一緒に生きられるんじゃないかと、今も願い続けてしまう。

「……っ」

閉めた扉に手を伸ばす。勢いよくまた部屋の中へと入り、気づけば里帆のことを強く抱きしめていた。

「そ、颯大、どうしたの……？」

返事の代わりに、さらに手に力を入れた。俺は里帆としたいことが、たくさんある。一緒に学校に行きたいし、ランニングの並走もしてほしいし、電車に乗って出掛けたいし、里帆が作ってくれるオムライスも食べたい。

「他にはなにもいらない。俺は……俺は里帆さえいてくれたらそれでいい」

震える声で伝えたら、里帆も俺の背中に手を回してくれた。

「私も本当は、颯大にしてほしいことがあるよ」

「なに？」

「名前を呼んでほしい」

「里帆」

「頑張れって言ってほしい」

「頑張れ」

「嘘でもいいから、好きだって言ってほしい」

「好きだ」

言いながら、里帆の体を離した。家族みたいに近くて、姉弟同然に育った。代わりなんて、誰もいない。物心ついた時から里帆は一人の女の子で、俺の特別だった。

「嘘なんかじゃない。俺は里帆が好きだ」

伝えた瞬間に、心が震えた。きっとずっと、俺はこの言葉を言いたかったんだ。

「うん。私も颯大が好きだよ」

瞳いっぱいに涙を溜めて微笑む里帆を、また自分の腕の中に引き寄せる。俺はピッチャーだから、奪われるのは好きじゃない。たとえ神様が傍に置きたがっていたとしても、里帆のことだけは絶対に奪わせたくなかった。


梅雨が明けて、土の中で眠っていた蝉が騒ぎだす頃、各都道府県で地方大会が始まった。埼玉大会の開催場所は、大宮公園《おおみやこうえん》野《や》球場《きゅうじょう》。今年は各地で番狂わせが起きていて、甲子園常連校や春の王者といった強豪校が次々と敗退。そうした中、常磐東は順調に勝ち進み、準々決勝、準決勝、そして決勝の舞台へと足を運ぶことになった。

「あと一勝すれば、甲子園だよ……！」

決勝戦を明日に控えたこの日。俺と瑞己は里帆に呼ばれて、病院の屋上にいた。七月に入って体調が悪い日が続いていたけれど、今日の彼女はとても顔色が良く、試合の様子もスマホからライブ中継で観てくれていた。

「次の対戦相手は埼玉で二強と呼ばれている学校のひとつだから、一筋縄にはいかないだろうけど」

「その二強の片方に勝った今の俺らなら余裕だろ」

「準決勝でけっこう打たれてたのに？」

「お前こそ、敵ピッチャーから三振取られてたじゃねーか」

俺たちの会話を微笑ましく聞いていた里帆は、おもむろにポケットからなにかを取り出した。

「二人のことを呼んだのは、これをあげるためです」

そう言って、ふたつのお守りを見せてきた。まるで野球ボールのような白い生地には赤い紐《ひも》が付いていて、真ん中には三つ葉のクローバーが刺繍《ししゅう》されている。その材料に見覚えがあると思ったら、渋谷の手芸屋で選んでいたものだった。

「本当はね、地方大会が始まる前に渡したかったの。でも思いのほか手こずっちゃって間に合わなかったんだ」

体がしんどい時もあったはずなのに、俺たちのために作ってくれたことを思うと胸が詰まった。

「里帆、ありがとう」

その気持ちは瑞己も同じみたいで、受け取ったお守りを大切に握っていた。俺も細部まで丁寧に作られているお守りを見つめる。

あれ、なんか中に紙が入っているような……。

「お守りの効果がなくなっちゃうからダメ！」

紐を触ったら、すかさず里帆に手を叩かれた。

「別に開けようとしたわけじゃねーよ。ただなにが入ってるのか気になるじゃん」

「気にしなくていいの。いい？　絶対に開けちゃダメだからね！」

「わかった、わかった。ところでクローバーの意味って、なんだっけ？」

「もう颯大ってば、本当に鈍いんだから！」

里帆から久しぶりに怒られて、瑞己が隣で宥《なだ》めている。そういえば三人で改まって集まったのは、去年の祭り以来かもしれない。たしかあの時もクローバーの花言葉のことを考えた。えっと、えっと……。

「そうだ、約束だ！」


『私は野球できないけど、応援なら任せて！　だって私は颯大と瑞己のファン一号だから！』

『『ファンって！』』

『ね、じゃあ、決まり！　絶対にいつか三人で甲子園に行く。これは私たちの約束だからね！』

絵空事のように語っていた夢。だけど、夢物語なんかじゃない。幼い時に交わした約束は、もう手の届く場所にあるのだ。

「あっ!!」

その時、なにかを思い出したように里帆が叫んだ。事前に売店で買っておいたというソーダ味のアイスは、袋の中で溶けかかっている。

「なんでもっと早く出さないんだよ？」

「だから忘れちゃってたの！」

「まだギリギリ大丈夫だよ。溶けても味は変わらないし」

「瑞己は本っ当に、里帆に甘いよなー」

ああだこうだと言いながら、棒付きアイスを口に咥《くわ》えた。俺たちは同じタイミングで空を見上げる。そこには子供の頃に見た形とそっくりな入道雲が浮かんでいた。

「ねえ、なんか夏の風って――」

「『始まりの匂いがする、だろ？』」

俺と瑞己の声が綺麗にハモると、里帆は嬉しそうに瞳を細めた。永遠に続いてほしいと思う時間ほど、過ぎていくのはあっという間だ。だけど俺は三人で見たこの景色をずっと覚えていたい。始まりの匂いがする風が、きっと強く背中を押してくれるはずだから。

9 / きみが夏を連れてくる

今でも時々、夢を見る。八月の炎天下。絶対に負けられなかった試合。希望を込めて投げたボールは、俺の頭上を越えて空高く飛んでいった。フェンスの向こう側で俺のことを見ている里帆に、言えなかった言葉があった。

『約束を守れなくてごめん』

『次は頑張るから』

『次は絶対に勝つから』

『ずっと変わらず傍にいて』

――また、夏が来た。

もうコンプレックスという名の怪物はいない。

熱帯夜で蒸し暑い夜。うちのリビングでは騒がしい声が響いている。酒好きの親たちが散らかした空き缶を避けて縁側に向かうと、そこには蚊取り線香を焚《た》いて夏の夜を楽しんでいる里帆がいた。

「スイカ食う?」

「わーうちのスイカだ!」

「そう、お前んちが持ってきたスイカ」

初めて切った歪《いびつ》なスイカを、俺たちの真ん中に置いた。彼女から貰ったお守りのおかげで、常磐東は埼玉大会で優勝した。なにがなんでも勝つつもりでいたが、ふたを開けてみればノーヒットノーランの完全試合。まだ興奮しているし、胸が高鳴っているけれど、俺以上に親たちが喜んでいるから少し落ち着いてきたところだ。

「親父たちがお前んちの親を強引に誘って悪かったな」

「ううん。久しぶりにお父さんとお母さんが笑ってお酒を飲んでる姿が見られて、逆に誘ってくれてありがとうだよ」

「……里帆も一時退院するの大変だっただろ?」

「うん、でも無理だって言われてもお祝いパーティーには駆けつけるよ。だって甲子園出場の夢が叶ったんだもん」

里帆が嬉しそうな顔をした。本当はなにも祝い事をしないつもりだった。だけど、里帆の笑った顔を見て、やってよかったと思った。

「瑞己も顔出せよって言ったんだけど、あいつんちも親戚が来たりして忙しいらしい」

「そうだろうね。あ、桃果ちゃんね、やっぱり来年常磐東を受験するって」

「へえ。あいつ平子とどうなってんの?」

「先輩後輩として仲良くはしてるみたいだよ。でも全然タイプじゃないって」

「ははっ、だろうな」

「あの日もこんな夜だったよね」

「いつ？」

「颯大が受験に合格した日」

繰り上げ合格して常磐東に入れると決まった時も、里帆の家族がうちに来て大人たちは酔い潰れていたっけ。

「あの日、颯大はちっとも嬉しそうじゃなかったね」

「そりゃ、里帆と瑞己と離れたかったからな」

「今日は嬉しい？」

「嬉しいよ」

「甲子園、本当におめでとう」

甲子園に行くという夢は叶った。でも三人でという夢は叶わなかった。里帆は弱くなっていく体とともに歩行も難しくなっていて、今日も病院から車椅子で来た。初戦だけでも兵庫に連れていって、甲子園球場の風を感じさせてあげたいけれど、体力的に無理なことは本人が一番わかっているんだろう。

「ねえ、颯大って季節の中で一番なにが好き？」

「季節？　考えたことないけど、こたつで寝るのが好きだから冬かな。お前は？」

「私は絶対に夏。颯大もそうだと思ったんだけどな」

「夏は俺にとって昔も今も苦い思い出が多いからな」

「じゃあ、今年は嬉しい夏にしようよ。ね？」

俺はその言葉に頷《うなず》くことができなかった。甲子園という夢が叶う夏。だけど、里帆を失うかもしれない夏。どうして、なんて言い出したらキリがない。だけど俺は、どうして里帆が病気にならなければいけなかったのかを考えている。

なにかが違っていれば、なんとかなったのか。奇跡が起きて、彼女の体から悪いものが消える日は来ないのか。

「里帆。俺は……ずっとずっと悔しいよ」

顔が見えないように俯《うつむ》いたら、雨も降っていないのにアスファルトが濡れた。

そんな俺を見て、里帆がそっと手を握ってきた。その小さな手は、いつもと変わらずに温かい。

「私も颯大と同じ。本当は悔しいし苦しいよ。なんで私なんだろうって。なんで颯大と大人になれないんだろうって、思い続けてた」

月明かりが里帆の涙を照らしている。

――『颯大すごいよ！　天才っ!!』

二人の秘密基地にした河川敷の高架下。彼女がチョークで描いたストライクゾーンめがけて、俺がボールを投げる。一球、二球、三球、数えきれないほどあの場所で練習した。戻りたい夏があって、戻れない夏があって、いつかこの瞬間の夏も、恋しくなる日が来るのだと思う。

「後悔しないように生きたくても、そんなの多分無理なんだよね。だけど、颯大は自分と向き合って、また野球をやってくれた。そのことが私の希望だったし、これからも颯大の力になっていくと思う」

「……里帆」

「だから、ずっと好きでいてね。ずっとずっと野球が好きな颯大でいてね」

生きていれば、色々なことが変わっていく。だけど里帆だけは変わらずに、俺の幸せをいつも願ってくれた。

じゃあ、里帆は幸せだった？

俺と出会って、俺と幼なじみで、幸せだった？

「甲子園、勝っても負けても悔いなく頑張ってね」

俺から抱きしめようと思ったのに、里帆に先を越された。

「負けるなんて縁起でもないこと言うなよ」

「いいの。大切なのは最後まで諦めなかったかどうかだもん」

「たしかにそうだな」

「私はこれからも颯大のことを見てるから」

「うん」

「いつでも傍にいるって、忘れないでね」

「里帆」

「なに？」

「なんでもないよ」

幸せだった？なんて、野暮なことは聞かなくていい。里帆の顔を見れば、里帆に触れれば、答えがわかる。だって俺たちは十七年間一緒にいる。そして、これからも心が離れることはないのだから。

♣

——『里帆ちゃんって、なんでもできるんだね』

いつだったか友達にそう言われたことがあった。

勉強も運動もそこそこだったけれど、得意じゃないこともたくさんあった。だけど、周りが褒めてくれるから、みんなが思う〝私〟になろうと思った。

そうしたら、器用貧乏になっていることに気づいた。

なんでもできるけれど、自分にはなにもない。

そんな悩みを抱えている時に颯大が野球に出会い、瑞己が転校してきた。

『里帆、今日も河川敷に行くぞ！』

二人が手を引いてくれた。

二人の真ん中が、私の居場所になった。

追いかけていたのは、あの頃の夏でも約束した夢でもない。

私はずっと、二人の背中を追いかけていた。


八月六日の天気は、焦《こ》げつきそうなほどの晴天だった。高校球児たちの夢と、深紅の優勝旗をかけた十八日間の戦いがこれから始まる。

仁美おばさんたちは昨日の夜行バスで兵庫県へと向かい、私のぶんまでしっかり応援してきてね！と、お父さんを朝一で見送り、お母さんはこっちに残った。颯大と瑞己も現地に行く前に、二人揃って病室に寄ってくれた。いつもみたいに他愛ないことを話した後、『いってらっしゃい！』と二人の背中を叩いて送り出した。

看護師さんがベッドを調整してくれたおかげで、私の正面にテレビがある。時刻は九時。阪神甲子園球場は、溢れんばかりの観客で埋め尽くされていた。バックスクリーンにこれまでの歴史が流れた後、選手たちが入場してきた。常磐東のプラカードの後ろを歩く颯大と瑞己。誇らしくて、カッコよくて、二人の顔が見たいのに視界がすでに涙で滲んでいる。

甲子園球場で揺れている旗と同じように、病室の窓から入ってくる風が、私の髪の毛を優しく撫でた。

最近、よく小さい頃のことを思い出す。またねって言って、明日会えること。先生に叱られて、しょんぼりしたこと。遊ぼうって言って、遊べること。宿題面倒くさいなって、同じ宿題を友達と見ながら言えること。お腹がすいて家に帰ったら、お母さんのカレーの匂いがしたこと。なんでもない日常が輝かしいものだったと気づくのは、いつだって戻れない〝あの頃〟になってからだ。

だけど、私はやっぱり。

夕立に濡れた夏じゃなくて。

野良猫を追いかけた夏じゃなくて。

風鈴をひたすら眺めていた夏じゃなくて。

氷いっぱいの麦茶をぶら下げて走った夏じゃなくて。

冷蔵庫に冷えたところてんが入っていた夏じゃなくて。

颯大と瑞己が河川敷の高架下で待っている夏じゃなくて。

この瞬間の夏を、一番にしたい。

開会式が終わった後、球場は試合の準備に入った。組み合わせ抽選の結果、常磐東は第一試合目に出場することになった。『負けたら最速で帰ることになるかも』なんて颯大は冗談交じりに言って、『そうなったら里帆に会えるからいい』って、瑞己も笑いながら返していた。颯大はのんびりしているから、瑞己を怒らせることもあるだろうし。瑞己の堅物《かたぶつ》なところに颯大が呆れることだって、これからも変わらずにあるだろう。でもきっと、二人は背中合わせになったり、また向き合ったりしながらも、ずっといい関係でいてくれると思う。

試合が間もなく始まる。常磐東と相手チームの選手が整列して、挨拶を交わした。観客たちが拍手で開幕戦を彩る。先攻は常磐東。甲子園球場に選手たちの名前がアナウンスされた。

「ピッチャー、葉山くん」

マウンドに立っている颯大は、ユニフォームの後ろポケットからなにかを取り出した。それは私が渡したお守りだった。現地に行けなくても一緒に戦っている。颯大は約束どおり、私のことを甲子園に連れていってくれた。

「セカンド、瀬戸くん」

颯大と目が合った瑞己が頷く。プレイボールを知らせるサイレンが鳴り響くと、颯大はグローブの中に球を入れて、バッターボックスをまっすぐに見た。

頑張れ、颯大。頑張れ、瑞己。見てるよ、ちゃんと見てる。

離れた場所にいても、私は二人のファン一号だから。

颯大の初球は150キロのストレート。彼が持っていた自己ベストよりも速いスピードだった。


『おい、いつまで泣いてるんだよ？』

かくれんぼからの帰り道。黄昏《たそがれ》色に染まる夕空の下、河川敷を歩く私はずっと泣いていた。体育館のステージ下にあるパイプ椅子収納台車の中。出られなくなって暗闇で膝を抱えていたら、颯大と瑞己が見つけてくれた。

『……ひくっ、だって怖かったから』

『なんであんなところに入ったんだよ？』

『かくれんぼに……勝ちたかったの』

『ったく。変なところで負けず嫌いを出すなよな』

『なんで二人は私があそこにいるってわかったの？』

その質問をしたら、颯大と瑞己は顔を見合わせてきょとんとした。

『わかるよ、俺たち里帆のこといつも見てるもん』

『そーそ。お前のことならなんでもわかるっつーの』

その言葉に、私はまた泣いた。目を離さずに、私のことを見てくれていたのは二人のほう。だから、どんな時でも寂しくなかった。

テレビの画面に颯大と瑞己の顔が映っている。炎天下の中、泥だらけになって戦っている二人があまりに楽しそうだから、自然と笑みが溢れた。


――好きな人はいますか？

いるよ。

――好きな人は変わっていませんか？

変わってないよ。

――好きな人に好きって言えましたか？

無事に言えました。

――今もこれからも、幸せでいてね。

十二歳の私も、今の私も幸せだったよ。

エピローグ

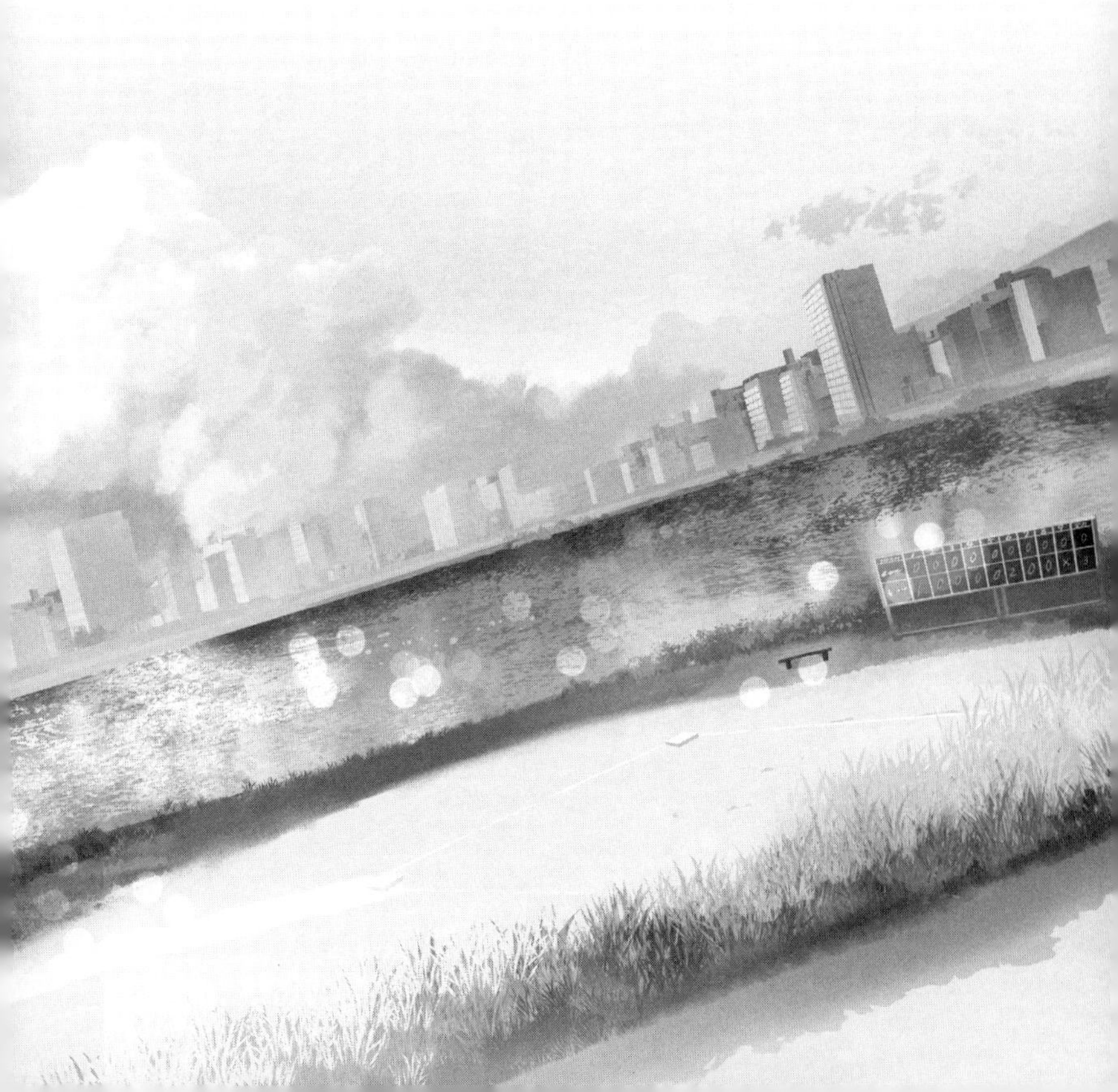

待ち遠しかった季節が嫌いになったのはいつからだろう。恨めしくて、憎らしくて、羨ましくもあった夏の真ん中に俺は今いる。

甲子園という夢の舞台が終わった。常磐東は惜しくも三回戦目で敗退。部員たちを乗せた大型バスが学校に着くと、俺はそのまま〝ある場所〟に向かった。

──『勝っても負けても、悔いなく頑張ってね』

里帆が天国に旅立ったのは、一回戦が終わってすぐのことだった。次の試合まで時間があったこともあり、俺と瑞己は兵庫から急いで里帆の元に駆けつけた。病院のベッドの上で眠るようにして息を引き取ったという里帆は、驚くほど穏やかな顔をしていた。

「──やっぱり来ると思ったよ」

陽炎《かげろう》が揺れている道の先。たどり着いた河川敷の高架下には、俺のことを待っていたように瑞己の姿があった。

瑞己は三回戦に出場しなかった。いや、できなかったと言ったほうが正しい。二回戦目の六回裏。敵の豪速球を見事に打ち返してベースへと滑り込んだら、足関節を捻《ひね》った。靭帯《じんたい》が切れているかもしれないと一旦離脱。こっちの病院でひとまず検査をして、なんでもなければ四回戦から合流することになっていた。

「来ると思ったじゃねーよ。大事な場面で怪我なんてしやがって」

「靭帯は切れてなかったよ」

「見りゃわかる」

里帆の死を受け入れられないままだったから、俺も散々だった。でもお互いに本気で優勝を里帆に報告するつもりでいたから、今までにないくらい集中していた試合でもあった。

「三回戦、本当に惜しかったよな」

「お前がいたら勝てたよ」

「いや、きっと負けてた」

「なんで?」

「この夏を最後にしたくなかったんだよ。俺らの初恋の人が」

一回戦を見届けてから逝った里帆が、どんな気持ちだったのかはわからない。悔しいし、寂しいし、悲しいけれど、甲子園で戦って勝った姿を見せることができた。最後に里帆の願いを叶えることができて、それだけはよかったと思う。

「俺、この街に引っ越して来なかったら、ずっと一人でつまらない毎日を送ってたと思う」

「大袈裟だな」

「本当だって。今さら言うのもなんだけど、向こうの小学校でいじめられてたんだ」

「え、は？」

「体が小さくてドジだったから色々言われてたし、物を隠されたりもした。それが悔しかったし、コンプレックスだった」

たしかに転校してきた頃の瑞己は引っ込み思案だったけれど、まさか前の学校でそんなことがあったなんて知らなかった……。

「でも颯大が野球と出会わせてくれた。あの瞬間、自分の世界が開けた気がした」

「俺だってそうだよ。一人きりで野球をやってたらここまで続けられなかっただろうし、甲子園のマウンドでボールを投げることも一生なかった」

「……颯大」

「とはいえ、あの大事な場面で怪我したことはこれからもねちねち言い続けるつもりだし、お前のドジは変わってないって覚えておくよ」

「はは、うん」

「まあ、俺らの初恋の人が最後の夏にしたくなかったんだろ」

「それ、さっき言った」

心はまだ苦しいままなのに、ちゃんと笑うことができている。瑞己という幼なじみを俺に残してくれたのは、紛れもない里帆だ。俺はやっぱりこの瞬間も彼女に支えられているのだと思う。

「これ、里帆から預かった」

瑞己が見せてきたのは、一冊のノートだった。その表紙にはマジックペンで【自分ノート】と書かれている。

「預かったって、いつ?」

「甲子園に行く前に里帆の病室に寄っただろ。その帰りに渡された。颯大だとなくしそうだからって」

「なんだよ、それ」

「甲子園が終わったら、颯大と一緒に見てほしいって言われたよ」

里帆が残した自分ノート。俺たちはゆっくりページをめくった。

1(表) 自転車に乗れるようになりたい
1(裏) 颯大のランニングの並走をする
2(表) お祭りの屋台のものを全部食べたい
2(裏) 三人で久しぶりに集まる

3（表）バイトをしたい
3（裏）お父さんとお母さんに美味しいものをご馳走する
4（表）ホームランを打ってみたい
4（裏）二人が見ている景色を体験する
5（表）瑞己の秋季大会の応援にいく
5（裏）颯大と一緒に試合を観る
6（表）デートをしてみたい
6（裏）一日だけ彼女気分になる
7（表）小学校に行く
7（裏）タイムカプセルを掘る
8（表）二人にお守りを渡す
8（裏）中に十二歳の私からの手紙を入れる

9（表）三人で甲子園に行く
9（裏）あの日の夢を叶える

まるで野球のスコアブックのように綴《つづ》られていたのは、里帆がやりたかったことであり、叶えてきた記録でもあった。

自転車の練習をしたこと。三人で祭りにいったこと。バイトを始めたこと。ホームランを打ってみたいと言われたこと。一緒に出掛けたこと。一人で小学校に行っていたこと。お守りを作ってくれたこと。三人の夢を実現させたこと。

彼女は俺に後悔しないように生きたくても、そんなの無理だと言った。俺もそう思う。里帆と叶えたいことなんて、これからさらに増えていくし、隣にいてくれたらと思い続けてしまうだろう。後悔をひとつも残さないことより、大切なのは諦めずに全力で最後までやったかどうかだ。甲子園は負けてしまったけれど、悔いはない。そして里帆も、悔いがない顔をしていた。

「やっぱりあいつ、中に入れてたんだな」

俺はユニフォームの後ろポケットにずっと入れていたお守りを手に持った。十二歳の里帆からの手紙。きっとタイムカプセルから掘り返したものだ。

「開けるとお守りの効果がなくなるって釘刺されてるしな」

「うん。でも俺、なんて書いてあるか大体わかる」

「実は俺も。だってあいつこっそり書いてたけど、普通に見えてたもんな」

「たしかに見えてた」

「せーので言うか」

「うん、せーの」

「『ずっとずっと大好き！』」

声を揃えた俺たちは、同時に噴き出した。里帆はなにも変わらない。きっと今だって俺たちのことをどう思っているか聞いたら、同じように答えるに決まっている。

「俺、里帆に気持ちは伝えられたけど、結局最後まで好きだって言えなかった」

「十分伝わってたはずだよ」

「変だって思われるかもしれないけど、俺は颯大のことが好きな里帆が好きだった」

「変だろ、それ」

「颯大はこれからどうする？」

「うん？」

「俺は高校を卒業しても野球を続ける。それでいつか、俺も誰かに野球を教えたい」

瑞己が夢を語った瞬間に風が吹いて、ノートが一ページ進んだ。

（延長）颯大と瑞己の夏が、これからも続きますように！

先のことはまだわからない。だけど、ずっと野球を好きでいたい。俺は甲子園から持ってきた砂を瑞己に半分渡した。

「ありがとう。俺はこれからリハビリがあるから先に行くよ。早く治して練習しないと感覚が鈍るし」

「相変わらず練習バカだな」

「颯大の野球バカだって、変わらないと思うよ」

たしかにそうだと瑞己のことを見送って、俺は一人河川敷に佇《たたず》んだ。

里帆が残してくれたものはたくさんある。だけど、俺が里帆に残せたものがあったのかはわからない。手の中にあるお守りを見つめると、紐がほどけていることに気づいた。絶対に開けるなと言われているお守り。だけど里帆からの手紙に直接触れたくて、そっと中に入っていた紙を引き抜いた。

手紙はなぜか二枚あった。ひとつは十二歳の里帆からのもの。もうひとつは十八歳の彼女が書いてくれたものだった。

颯大へ

いきなりだけど、最近すごいことに気づきました
颯大は四月生まれで、私は五月生まれだから
私の世界に颯大がいない時は一日もないってことになるね
なんだかそれって奇跡みたいだなって、しみじみ思ったよ

颯大、私の隣にいてくれてありがとう
ずっと幼なじみでいてくれてありがとう
私を幸せにしてくれてありがとう
やっぱり私は――
颯大に恋をした夏が好きです

「……んだよ、あいつ。俺が開けるってわかってたんじゃねーか」

溢れてくる涙を拭った。里帆からの手紙にも涙の痕が残っている。寂しさは消えない。だけど、寂しいままでも立ち止まらないでいられるような気がした。

俺はあの頃の夢と、そしてこれからの夢が詰まった砂を握る。里帆に届くように空

に向かって撒いたら、夏風に吹かれてキラキラと輝いていた。

「里帆、明日は今日より暑いってよ」

何度でも、これからも、きみが夏を連れてくる。

あとがき

突然ですが、皆さんには戻りたい『あの頃』はありますか？

私は学生時代、早く大人になりたくて、学校という場所から離れたいと思っていました。大人になれば勉強をしないでいいし、テストもない。気が合わない友達と無理に遊ばなくてもいいし、夜中に帰っても怒られない。大人になるということは、自由になることだと思っていました。そういう気持ちも相まって、学校の卒業式の日は名残惜しさの欠片もなく家に帰って、もう着ないで済む制服はクローゼットの一番奥に眠らせました。なにひとつ大切にしなかった学生生活だったのに、どういうわけか『あの頃』を思い出す時はいつだって鬱屈していた高校生の自分です。

テスト結果が散々だったことも。友達と喧嘩をしたことも。夜遊びをして親に怒られたことも。あんなに自由になりたいと願っていたのに、大人になった今のほうがあの時の思い出を大切にできている。

『なんでもない日常が輝かしいものだったと気づくのは、いつだって戻れない〝あの頃〟になってからだ』

本文にもあるように、私は戻れなくなってから大切なことに気づきました。

過去と向き合い、過去を越えていく。本作に込めたメッセージはひとつではありませんが、颯大、里帆、瑞己を通してなにかを感じていただけたら幸いです。

今回の作品は自分の中にある青春をこれでもか！というくらい詰め込みました。初めて野球を書けたことも本当に嬉しかったです。普段しっとりとした物語を書いているように思われがちなのですが、昔から部活を題材にした小説が好きです。

書籍作品では『水泳部』『写真部』『天文学部』『放送部』、部活とは少し違いますが、ガラス工芸品を作る男の子も書いたことがあります。どれもスターツ出版から発売していますので、機会があれば他の作品の部活男子を探してもらえたら嬉しいです。

最後になりますが、本作を書くにあたってお世話になった皆さま。素敵な颯大と里帆を描いてくださった雪丸ぬん先生。いつも温かい言葉を届けてくださる読者の方々に、この場をお借りして心から感謝申し上げます。

「いつまでもずっと、あの夏と君を忘れない」

この物語が誰かの光になれますように。

永良サチ

この物語はフィクションです。
実在の人物、団体等とは一切関係がありません。

いつまでもずっと、あの夏と君を忘れない

2024年6月28日　初版第1刷発行

著　者　永良サチ　

発行人　菊地修一

発行所　スターツ出版株式会社
〒104-0031
東京都中央区京橋1-3-1　八重洲口大栄ビル7F
出版マーケティンググループ　TEL 03-6202-0386
書店様向けご注文専用ダイヤル　TEL 050-5538-5679
URL https://starts-pub.jp/

印刷所　大日本印刷株式会社
Printed in Japan

DTP　久保田祐子

※定価はカバーに記載されています。
ISBN 978-4-8137-9342-7 C0095

この1冊が、わたしを変える。

スターツ出版文庫　好評発売中!!

余命3カ月。
一生分の
幸せな恋を
しました。
100日間、あふれるほどの「好き」を教えてくれたきみへ
永良《ながら》サチ・著
定価:759円（本体690円＋税10%）
余命3カ月と宣告された高1の海月は、心細さを埋めるため、帰り道に偶然会ったクラスの人気者・悠真に「朝まで一緒にいて」と言ってしまう。海月はそのことを忘れようとするが、海月の心の痛みに気づいた悠真は毎日話しかけてくるように。「俺は海月と一緒にいたい」とストレートに気持ちを伝えてくれる悠真に心を動かされた海月は、一秒でも長く前向きに生きることを決意する――。ふたりのまっすぐな愛に涙が止まらない、感動の青春恋愛小説!!
イラスト／ピスタ
ISBN：978-4-8137-1434-7

スターツ出版人気の単行本！

『愛がなくても生きてはいけるけど』

詩《うた》・著

愛がなくても生きてはいけるけど、幸せも、切なさも、後悔もその全ては永遠だ。SNSで16万人が共感している言葉を集めたショートエッセイ。あなたの欲しい言葉がきっとここにある。【収録項目】欠点こそが愛の理由。／「好きかもしれない」はもう負けている。／別れの理由は聞いておいた方がいい。他

ISBN978-4-8137-9325-0　　定価：1540円（本体1400円＋税10％）

『私はヒロインになれない』

小桜菜《こざくらな》々《な》・著

幸せなヒロインにはなれなくても、いつか、たったひとりの“特別”になれるだろうか――。自分と正反対の可愛い彼女がいる男に片想いする明。彼氏の浮気に気づいても、“一番”の座を手放せない沙夜。この苦しい恋の先にある、自分らしい幸せとは――全ての女子に贈る、共感必至の恋愛短編集。

ISBN978-4-8137-9318-2　　定価：1485円（本体1350円＋税10％）

『ありのままの私で恋がしたかった』

蜃気羊《しんきよう》・著

ずっと一緒にいたいと思ってた。それだけ私は君のことが好きだったし、君の理想になれるように無理だってした。だけど、そんな私の背伸びを君は見抜いたんだね。素直になれなくてごめんね。（本文『君との関係はもう、戻らない』引用）恋に悩む夜に、自分が嫌になる夜に、心救われる1ページの物語。

ISBN978-4-8137-9312-0　　定価：1485円（本体1350円＋税10％）

『僕たちの幸せな記憶喪失』

春田《はるた》モカ・著

「君達が食べた学食に、記憶削除の脳薬が混ぜられていた」高3の深青は、担任からそう告げられた。罪悪感から逃れて別の人生を歩めるかもしれない…そんな考えが深青の頭をよぎる。ざわめく教室で、一人静寂をたもつ映。彼もまた、人生から逃れたい理由を持っていた。ふたりは卒業アルバム委員としてまじわるが…。

ISBN978-4-8137-9311-3　　定価：1540円（本体1400円＋税10％）

書店店頭にご希望の本がない場合は、書店にてご注文いただけます。

スターツ出版人気の単行本！

『ひとりぼっちの夜は、君と明日を探しにいく』

永良《ながら》サチ・著

触れた人の気持ちがわかるという力をもった高１の莉津。そのせいで、いつもひとりぼっちだった。ある日、人気者の詩月に「俺の記憶を探して」と言われる。彼は唯一、莉津が感情を読み取れない人間だった。そんな彼と一緒に、記憶を探していくうちに、莉津の世界は色づいていく。一方で、彼の悲しい過去が明らかになって…？

ISBN978-4-8137-9267-3　定価：1485円（本体1350円＋税10％）

『記憶喪失の君と、君だけを忘れてしまった僕。』

小鳥居《ことりい》ほたる・著

夢を見失いかけていた大学３年の春、僕の前に華怜という少女が現れた。彼女は、自分の名前以外の記憶をすべて失っていた。記憶が戻るまでの間だけ自身の部屋へ住まわせることにするも、次第に2人は惹かれあっていき…。しかし彼女が失った記憶には、2人の関係を引き裂く、衝撃の真実が隠されていて――。

ISBN978-4-8137-9261-1　定価：1540円（本体1400円＋税10％）

『花火みたいな恋だった』

小桜菜《こざくらな》々《な》・著

けっこう大恋愛だと思っていた。幸せでいっぱいの恋になると信じていた。なのに、いつからこうなっちゃったんだろう――。浮気性の彼氏と別れられない夏帆、自己肯定できず恋に依存する美波、いつも好きな人の二番目のオンナになってしまう萌。夢中で恋にもがき自分の幸せを探す全ての女子に贈る、共感必至の恋愛短編集。

ISBN978-4-8137-9256-7　定価：1485円（本体1350円＋税10％）

『息ができない夜に、君だけがいた。』

丸井《まるい》とまと・著

平凡な高校生・花澄は、演劇部で舞台にあがっている姿を同級生に笑われたショックで、学校で声を出せない「場面緘黙症」になってしまう。そんな花澄を救い出してくれたのは、無愛想で意志が強く、自分と正反対の蛍だった。「自分を笑う奴の声を聞く必要ねぇよ」彼の言葉は、本音を見失っていた花澄の心を震わせて…。

ISBN978-4-8137-9255-0　定価：1430円（本体1300円＋税10％）

書店店頭にご希望の本がない場合は、書店にてご注文いただけます。

スターツ出版人気の単行本！

『神様がくれた、100日間の優しい奇跡』

望月《もちづき》くらげ・著

クラスメイトの隼都に突然余命わずかだと告げられた学級委員の萌々果。家に居場所のない萌々果は「死んでもいい」と思っていた。でも、謎めいた彼から の課題をこなすうちに、少しずつ「生きたい」と願うようになる。だが無常にも３カ月後のその日が訪れて——。

ISBN978-4-8137-9249-9　　定価：1485円（本体1350円＋税10％）

『僕は花の色を知らないけれど、君の色は知っている』

ユニモン・著

高校に入ってすぐ、友達関係に“失敗”した彩葉。もうすべてが終わりだ…そう思ったとき、同級生の天宮くんに出会う。彼は女子から注目されているけど、少し変わっている。マイペースな彼に影響され、だんだん自由になっていく彩葉。しかし彼は、秘密と悲しみを抱えていた。ひとりぼっちなふたりの、希望の物語。

ISBN978-4-8137-9248-2　　定価：1430円（本体1300円＋税10％）

『あの花が咲く丘で、君とまた出会えたら。』

汐《しお》見《み》夏《なつ》衛《え》・著

母親とケンカして家を飛び出した中２の百合。目をさますとそこは70年前、戦時中の日本だった。偶然通りかかった彰に助けられ、彼と過ごす日々の中、誠実さと優しさに惹かれていく。しかし彼は特攻隊員で、命を懸けて戦地に飛び立つ運命だった—。映画化決定！大ヒット作が単行本になって登場。限定番外編も収録！

ISBN978-4-8137-9247-5　　定価：1540円（本体1400円＋税10％）

『きみとこの世界をぬけだして』

雨《あめ》・著

皆が求める“普通”の「私」でいなきゃいけない。どうせ変われないって、私は私を諦めていた。「海いかない？」そんな息苦しい日々から連れ出してくれたのは、成績優秀で、爽やかで、皆から好かれていたくせに、失踪した「らしい」と学校に来なくなった君だった——。

ISBN978-4-8137-9239-0　　定価：1485円（本体1350円＋税10％）

書店店頭にご希望の本がない場合は、書店にてご注文いただけます。